スーパーダッシュ

R.O.D

READ OR DIE

YOMIKO READMAN"THE PAPER"

第五巻

倉田英之

スタジオオルフェ

集英社スーパーダッシュ文庫

R.O.D　第五巻

CONTENTS

スーパーダッシュ

R.O.D人物紹介

読子・リードマン

大英図書館特殊工作部のエージェント。紙を自在に操る"ザ・ペーパー"。無類の本好きで、普段は非常勤講師の顔を持つ。日英ハーフの25歳。

菫川ねねね

現役女子高生にして売れっ子作家。狂信的なファンに誘拐されたところを読子に救われる。好奇心からか、現在は逆に読子につきまとっている。

ジョーカー

特殊工作部をとりしきる読子の上司。計画の立案、遂行の段取りを組む中間管理職。人当たりはいいが、心底いい人というわけでもないらしい。

ファウスト

大英図書館に幽閉されている謎の人物。外見は少年だが、既に数百年生き続けている叡知の探究者。

ウェンディ・イアハート

大英図書館特殊工作部のスタッフ見習い。持ち前の元気と素直さで、仕事と性格の悪い上司に立ち向かう。

王炎・凱歌

中国の秘密結社"読仙社"の紙使い。英国の女王を誘拐し、グーテンベルク・ペーパーとの交換を要求する。

ナンシー・幕張

ジョーカーの指令を受け、読仙社の潜入調査を行っているエージェント。コードネームは"ミス・ディープ"。

イラストレーション／羽音たらく

R.O.D
READ OR DIE
YOMIKO READMAN"THE PAPER"

――第五巻――

プロローグ

本を読みたい。

朝目覚めた時から、夜眠りに落ちる瞬間まで読み続けたい。

もちろん、夢の中でも貪《むさぼ》り読みたい。

この世にある本を一冊残らず。ジャンルは問わない。およそ本と名のつく全てのものを。

恋だの愛だの友情だの平和だの戦争だの人生だの、知ったことじゃない。本さえ読めれば、それでいい。本以外になんの欲望、衝動、情熱があるものか。人類の行動など、もうすべて先《せん》人《じん》によって、本の中に綴《と》じられているのだ。

ただひとつ、発狂しそうなほど口惜《くちお》しいのは、自分が死んだ後も新たな本が出版され続けることだ。

自分はこんなに本が好きなのに、本は、自分のいない世界でもなにごともなく増え続けるのだ。信じられない。

今こうしてる間にも、本は増えている。無限に増殖《ぞうしょく》している。

おお神よ、悪魔よ、どちらでも構《かま》わない。

我に無限の命を与えたまえ。

すべての本を読み尽くせるだけの、無限の命を。

富《とみ》など、愛など、権力などいらない。

俺はただ、本を読んでいたいだけなんだ。

それだけなんだ。


「こんなに皆、仲良く手をつないだのは……」

ジョエル・グリーンは薄く髭《ひげ》の伸びた顎《あご》をさすってつぶやいた。

「ダイアナが死んで以来かな、おい？」

彼のデスクの上には、英国の朝刊が並んでいる。

『デイリー・テレグラフ』『ガーディアン』『タイムズ』『インディペンデント』『フィナンシャル・タイムス』『デイリー・ミラー』『サン』……。

高級紙から大衆紙まで、ずらりと揃《そろ》った朝刊の一面、トップ記事はすべて同じ事件のものだった。昨日ロンドンに出現した、謎《なぞ》の竜による大破壊だ。

テムズ河から姿を現した巨大な竜（そうとしか呼びようがない！）は、千人に達するだろう被害者を量産しながら、大英博物館《だいえいはくぶつかん》めがけて進んだ。

それを阻止《そし》するべく、軍までもが出動したが、圧倒的な戦闘力の前に一蹴《いっしゅう》されたのである。全身を構成していた紙（そう、その竜は紙でできていたのだ！）を撒《ま》き、飛ばし、戦車や車や建物や人を次々と両断《りょうだん》していく様《さま》は、奇妙な童話の装画《そうが》にも似ていた。

グリーンは、その中で〝逃げまどう人々〟の一人として描かれていた。

彼は現場にいたのである。

およそ新聞記者としては、誰よりも竜に接近したつもりだった。なにしろ上陸した竜は、彼の上を通り過ぎていったのだから。

グリーンは無我夢中《むがむちゅう》でシャッターを切った。ものの数秒と経っていなかっただろうが、フィルムを一本、完全に使いきった。

竜が、彼に気づくことなく進んでいった後、彼はへたへたと道路に座り込んだ。

スクープの高揚《こうよう》を迎えるには、しばしの脱力を必要とした。

竜はそのまま、大英博物館へと向かっていったが、グリーンがどうにか立ち上がった時には、もう周囲は喧噪《けんそう》の極《きわ》みと化していた。

市警と軍が交通規制をし、救急車が負傷者を運んでいる。

乗ってきた車はもとより動けない。走って追いかけるのもこの狂騒《きょうそう》では不可能だろう。

グリーンは腹がチギれるような未練を残しつつ、現場から離れることを決意した。

とにかく、生きて戻ることが重要だ。

そう判断した彼は、同サイズのダイヤよりも貴重なカメラを握り、テムズ河を後にしたのである。

「『ドラゴン・アタック!』『カタストロフ』『ペーパー・ウォー!?』……」

ハリウッド映画のコピーのような文字が、各紙の一面を飾っている。

階級社会が色濃く残る英国では、新聞も上、中流階級御用達《ごようたし》の高級紙と労働者向けの大衆紙に大別《たいべつ》される。

グリーンが籍を置くのは後者、タブロイド判の『ネイバーズ』だ。部数は約三〇〇万、高級紙の数倍を誇るものの、社会的立場においては売り上げに反比例するほどの差をつけられている。

部数を競う大衆紙は、王室や芸能人のスキャンダル、スポーツ選手のゴシップなどセンセーショナルな題材で人目を惹《ひ》きつけることこそ重要なのだ。

対して『デイリー・テレグラフ』などの高級紙は、ジャーナリズムの権威《けんい》を保つべく、〝下《げ》世話《せわ》な〟ゴシップなどには紙面を割《さ》かない。

ゆえに、すべての新聞の一面が一致するのは、よほどの大事件ということなのだ。

グリーンが冒頭でつぶやいた言葉には、そういった意味がある。

もっとも、これが大事件でなくてなんだろう?

昨日から、『ネイバーズ』の編集部は蜂《はち》の巣を蟻《あり》の巣に突っ込んだような騒ぎだ。誰も彼もが電話にくらいつき、持てるだけのコネに当たって新たな情報を求めている。

この編集部に限るまい、英国中が事件の詳細《しようさい》を求めてあるいはTVに、あるいはラジオに、インターネットにしがみついているのだ。

テムズ河から編集部に直行し、自分で一面記事を書き上げたグリーンは、そのまま社に泊りこんだ。今日ばかりは折り合いの悪い編集長のソファーで仮眠をとっても、皮肉の一つも言われなかった。

グリーンは『ネイバーズ』の一面、まさに自分の撮《と》った写真を見つめる。

三《み》つ首《くび》の竜が自分に向かってくる、迫力のある写真だ。ファンタジー映画のポスターと間違えそうだが。

その首の上に、一人の男が立っている。判別しづらいが、東洋人の男であることはニュースでも報道されている。

不敵な立ち構《がま》えから、竜はこの男が操《あやつ》っていたことが推測できる。

このバケモノを、誰が、如何《いか》にして倒したか？

大英博物館で行われた戦いについては、まだ不明な点が多い。

周辺一キロは交通規制が敷かれ、報道用のヘリも竜によって撃墜《げきつい》されたのだ。

それでも目撃者はいるはずだ。

報道関係者は警察や軍の広報部、現場周辺にいた野次馬《やじうま》、近隣《きんりん》住民にあたって、未発表の写真やビデオを探している。

うちの幾《いく》つかは、TV局にて放映された。日本からの観光客が撮影したという、ハンディカメラの映像である。

目前に迫った竜めがけて、大英博物館の屋上から、なにやら白い物体が撃ち出された。白く、鋭角《えいかく》的なラインを持つ物体だ。砲弾《ほうだん》の類《たぐい》には思えない。

遠距離で、撮影者がカメラをブラせたこともあり、詳しい分析《ぶんせき》は難しい。

この、正体不明の物体が、竜を撃退したのか？　軍が一蹴《いっしゅう》された怪物を⁉

グリーンは、ビデオデッキで幾度となく繰り返し、その映像を検証した。が、明確な結論は一向に出ない。

なにしろこの事態は、現代人の自分たちには〝おとぎ話〟すぎる。

グリーンは仮眠あけのぼやけた頭を振り、机のメモを一枚手に取る。

「……まあ、リードの説明を楽しみに待とうか」

混乱を極《きわ》める事態について、英国首相ジョセフ・リードが午前八時から、BBC―1で政府の公式発表を行うことになっている。

どんな信じられない事態でも、いや信じられない事態だからこそ、人は説明を必要とする。

自分の推測がすり寄るべき、社会の見解を切望《せつぼう》するのだ。それが、情報の正体である。グリーンはそう考えている。

思考とは無関係に、彼の指先はメモを紙飛行機に折りあげた。

「グリーン。発表が始まるぞ」

同僚のマクスウェルが肩を叩いて、編集部端《はし》の応接スペースにある五〇インチのモニターへと向かった。そこにはもう、編集部の大半が揃《そろ》っている。

「……ああ……」

グリーンは机から立ち、紙飛行機をすいっと飛ばした。

「…………………」

紙飛行機は半円の軌跡《きせき》を描き、彼のクズ入れに特攻していった。

「…………………まさか、な」

グリーンはビデオの停止画面、大英博物館から撃ちだされた白い物体と紙飛行機を見比べ、苦笑した。俺の想像こそ、あまりに〝おとぎ話〟すぎる。

『おはようございます。ジョセフ・リードです』

英国国民のみならず、世界が注目しているに違いない放送は、ごくありふれた朝の挨拶《あいさつ》からスタートした。

画面に映っているのは背後に国旗の掲《かか》げられた部屋だ。壁は木材。端に本棚《ほんだな》が見える。おそらくは首相の執務室《しつむしつ》だろう。

机の上で軽く手のひらを組んだリード首相は、睡眠不足の顔をうまくメイクで隠していた。白いものの混じり始めた頭髪も、完璧《かんぺき》にセットされている。『ネイバーズ』では、それがカツラだと報道したことが一度ある。

出遅れたグリーンは、同僚たちのディフェンスの後ろから、その映像を見つめた。

『……昨日、テムズ河周辺で起きた超常的《ちょうじょう》な事件について、国民の皆様に説明をさせていただきたいと思います』

「超常的、ときたぞ」

「政府見解では、初めて聞く単語だな」

「火星人が来た時は、使わなかったか？」

軽口が二つ三つ行き交った。だが誰の視線も、モニターから離れない。

『度々《たびたび》のニュースでご覧になったと思いますが、昨日出現した物体は、英国の文化遺産を略奪《りゃくだつ》しようとするテロリストが操《あやつ》る、一種の生物兵器であります』

おお、と声にならない息が漏《も》れた。生物兵器。映画や小説では見かける言葉だが、英国首相が国営放送の電波で使用すると、奇妙な印象がある。細菌《さいきん》兵器や訓練された獣《けもの》ならまだしも、自分たちが見たのは紙でできた竜なのだ。

だがリードは、全英であがっているであろう疑問や困惑の声を無視するように、一方的な説明を続けていく。

『テロリストが簒奪《さんだつ》しようとしたのは、大英博物館、ならびに大英図書館に収められている、我が国の文化的財産です。金銭よりも貴重な、人類の歴史的な資産を暴力によって略奪《りゃくだつ》しようという行為は、極《きわ》めて悪逆《あくぎゃく》、卑劣《ひれつ》といっていいでしょう』

この発言には、英国以外の国が反論の声をあげているだろう。大英博物館に展示されている文化遺産が、かつての被《ひ》支配国から強制的に集められたことは周知《しゅうち》の事実だからだ。

それでもリード首相は、あらゆる反論の声を押し潰《つぶ》して説明を続ける。その言葉には次第に熱がこもり、演説へと変わりつつある。

『生物兵器は軍、警察、大英図書館の活躍によって撃退されました。我々は細心の注意を払い、それを回収し、その機能と効果的な対応の方法を研究しています』

グリーンの眉《まゆ》が動いた。聞き慣れない言葉が耳に入ったからだ。

『同時にテロリストの遺体も確保、その身元も判明しつつあります。今はまだ、詳細《しょうさい》には明かせませんが』

リードはある種の意志をこめた目で、カメラを見た。

『英国は、人類の遺産と国民の皆様を護《まも》るため、このテロリストの背後たる存在に立ち向かうことを宣言いたします。暴虐《ぼうぎゃく》に屈《くっ》せず、然《しか》るべき態度で』

記者の一人が唾《つば》を飲み込んだ。

冷静な言葉で覆《おお》っているが、それは臨戦《りんせん》態勢宣言に他ならない。

『つきましては、本日正午からロンドンに第一種警戒《けいかい》条例を施行《しこう》します。市民の皆様においては、不必要な外出を控え、警官と軍関係者の質問にはご協力をいただけるよう、お願いします。空港、港湾《こうわん》は安全が確認されるまですべて閉鎖《へいさ》。不便とは思われますが、なにとぞ、一刻も早い事態の解決のために、ご協力ください』

口元に小さな笑みを浮かべ、リードは見解を終えた。

画面はBBCのスタジオに戻り、政治学者を隣に迎えたキャスターが喋《しゃべ》り始める。

『……以上、以上ですね？　ジョセフ・リード首相の公式見解をお送りしました……』

本人も内容を咀嚼《そしゃく》しきれないのだろう。キャスターの顔にも疑問符が貼り付いていた。

「あれが生物兵器ってのは、どうなんだ？」

「開発者はルイス・キャロルだな。間違いない」

「テロの黒幕について、誰かあたってみろ」

「東洋系かぁ……。北朝鮮に中国、韓国、日本……どれもピンとこないが」

「ピンとくる国なんてあるもんか」

「早いうちにネタ集めに出たほうがいいな。すぐに交通規制が始まるぞ」

TVそっちのけで、同僚たちは話を始めた。不透明な公式発表、その裏に隠されているだろう多くの真実。

それを探り当てることが彼らのシゴトなのだ。

「……おい、見解の中では〝大英図書館〟ってたな？　大英博物館じゃなくて」

一人、画面を凝視《ぎょうし》していたグリーンが、仲間と取材の段取りを決めていくマクスウェルに声をかける。

「なんだ？　ああ、そうだったかな？」

「おかしくないか？　あの竜に襲われたのは、大英博物館だろ？」

「間違えたんじゃないのか？　大英図書館にも被害は出てるんだし」

そうなのだ。竜のインパクトが大きすぎて隠れがちだが、同時に大英図書館でもテロリストによる殺人事件が発生していた。

鋭利《えいり》な刃物で斬《き》りつけられた利用客、職員が少なからず犠牲《ぎせい》となっていた。

救急隊員や警官から漏《も》れ聞こえた話によると、「テロリストは複数で、全身を覆《おお》う白タイツ姿だった」ということらしい。

それは、きちんと『ネイバーズ』にも載っている。他の新聞にも載っている。ただ、竜の扱いが大きすぎて、印象が薄くなっているだけだ。

「だが、撃退したのは軍か警察じゃないのか？　大英博物館にしろ、あんなバケモノに対抗なんかできるのか？　なんで同一に扱うんだ？」

「身を挺《てい》して略奪《りゃくだつ》から護《まも》った、とかそういう意味だろ？　なんでおまえこそ、そんなことにこだわる？」

自分でもわからない。あるいは、あの映像を繰り返し見たせいだろうか。大英博物館の屋根から飛び立つ、白い物体を。

……………飛び立つ……？　撃ち出される、ではなくて？

グリーンの中で、もやもやとした疑問の塊《かたまり》が生まれていく。

いずれにせよ、謎《なぞ》だらけの事件なのだ。どこから当たっても記事にはなるだろう。

「グリーン！　おまえはどうする⁉」

マクスウェルが、一人思索《しさく》を続けているグリーンに声をかけた。他の連中はあらかた割り振りが決まったようだ。

通常、記者はカメラマンとチームを組んで行動するが、グリーンはもっぱら一人でうろつきまわることが多い。身勝手さと思いつきに振り回され、大抵のパートナーは音《ね》を上げるのだ。編集部内でも、ナンバー1の嫌われ者だった。グリーンも自分以外の人間を嫌っているので、別段不満も無いが。

「俺はいつもどおり、ほったらかしててくれ。また適当にうろついて、一面記事を探してくるさ」

マクスウェルが顔をしかめた。

次期編集長を狙う彼としては、この協調性のない、それでいて時折スクープをものにする同僚が扱いづらいのだろう。

「まあいいが、三時の会議には出席しろよ！」

ぱんぱんと打った手を合図に、『ネイバーズ』の記者たちは四方八方《しほうはっぽう》に散っていった。

一人残ったグリーンは、視線を戻したモニターに、繰り返し見たビデオが映っていることに気がついた。

大英博物館から飛び立った、白い物体。

「…………？」

五〇インチのモニターは、今まで気づかなかったことを彼に見せてくれた。

物体の上に動く、小さな影。

「…………」

人と思えば人に見える。影と思えばただの影だ。揺れる画面は、グリーンにそれ以上の結論を許さない。

「……まあ、いいさ」

グリーンは顎《あご》の髭《ひげ》を撫《な》で、一人つぶやいた。

「とにかく、一旦《いったん》帰って髭を剃《そ》ってからだな。あと、熱いシャワーを浴びて出直そう」

グリーンは活気があふれだした職場を後に、自分のアパートメントに戻っていった。

ベイカーストリートにある、彼の根城《ねじろ》に。

第一章『48時間』

「はい、OKです。ご苦労さまでした」

カメラの脇から出された声に、リードは肩の力を抜いた。

つい今し方まで、銃口のように彼に突きつけられていたカメラのレンズ。その上にあるランプが消えている。放送は無事に終わったのだ。

首相まで上り詰めた男だ、今さら滅多《めった》なことで緊張はしない。

だが、今回ばかりは話が別だった。

歴史に残る一大事件、その公式見解。

世界中が注目する中、決められたセリフを決められた演技で押し通すのだ。

事件の背景を悟られぬように、なおかつ敵側には怯《ひる》むことなく。政策も性格も保守派《ほしゅは》の自分には難しい仕事だった。

それでもどうにかやり遂《と》げた、という実感があった。

「こういう放送は、女のほうが向いてるんだろうな」

軽口は、かつて鉄の女と呼ばれた女性首相に関するものだろう。

だが、カメラの脇に立つ男は笑顔を見せなかった。

それどころか、眉間《みけん》に小さな皺《しわ》を寄せている。

「……？　どうした？　なにか気になる点でもあったかな？」

カメラなどの機材はＢＢＣのものだが、それを操《あやつ》るスタッフは違っている。

今回、一連の事件をとりまとめる権限をジェントルメンに与えられたセクション。大英《だいえい》図書館特殊工作部である。

そして脇から指示を出す、この金髪《きんぱつ》の男こそ、ミッションの責任者、ジョーカーと呼ばれる若者である。

リードの放送も、特殊工作部が用意したシナリオを読んだものだ。いつもなら彼のスタッフが原稿を作成するのだが。

「……首相。失礼ながら、コメントの中に大英図書館の名前が登場しましたね？」

口調は柔らかく、目線も穏《おだ》やかだ。

なのにどこか、ジョーカーの振るまいにはリードを威圧《いあつ》するものがある。

「そうだったか？　しかし原稿に書いてあるだろう」

「一カ所は。ただ、ペーパードラゴンの撃退については軍、警察、大英博物館と書いていたはずですが」

書面を確認すると、確かにそのとおりだ。表に出ない緊張が、大英博物館と大英図書館を混同させたのだろう。

「言い間違えたか。なに、この程度、気にする人間はいないだろう」

「だといいのですが」

ジョーカーの返答が、首相を幾分《いくぶん》か不機嫌にさせる。

ジェントルメンの命令とはいえ、無関係のセクションに、しかもこんな若造《わかぞう》に口を挟《はさ》まれるのは、決して快《こころよ》いものではない。

「なんなら、テロップでも流せばいいだろう。『先ほどの放送には誤りがありました。謹《つつし》んでお詫《わ》びし、訂正させていただきます』とな」

「それでは、誤りを不自然に強調させることになります。気づいてない者まで、関心を持つようになっては逆効果です」

リードは、強調しているのはおまえだろう、というセリフをのみ込んだ。博物館と図書館が違っただけで、こいつはなにをハイスクールの教師のようにからんでくるのだ？

「……まあ、いいでしょう。確かに首相ご自身がお気づきにならなかったように、些細《ささい》な言い間違い、と受け取ることもできますから」

この男の口には、自動的に人を逆撫《さかな》でする機能でもついているのだろうか？　部下はさぞかしストレスを溜《た》め込んでいるに違いない。

「そう言ってくれると有り難《がた》いな。リテイクなんて面倒な事態は避けられそうだ。私も私の仕事が山積みだからね」

公式見解とは別に、政府としては各国への説明、折衝《せっしょう》を行わねばならない。むしろそっちのほうが、リードにとっては悩みの種《たね》だ。

「貴重な時間をいただき、感謝の極《きわ》みです。しかしなにぶん、英国の平和がかかっておりますので。ジェントルメンのご意志です。どうかご協力を」

「わかっている」

鼻白《はなじろ》んだ顔で、リードは机から立ち上がった。虎《とら》の威《い》を借《か》る狐《きつね》、とはまさにこの若造のためにある言葉だ。

「それで、もう一件のほうはどうなっているのだね？　なにか進展はあったのか？」

捨てゼリフがわりに、質問をぶつける。

ジョーカーは愛想の笑みを消し、慎重《しんちょう》な面持《おも》ちを作った。

「今のところは、まだ。しかし英国警察とMI6《エムアイシックス》、そしてわが特殊工作部が調査にあたっておりますので。ご心配なく」

撮影スタッフがいるので具体的な言葉は避けているが、二人がかわしているのは、昨日という慌《あわ》ただしい一日を締めくくった〝女王誘拐《ゆうかい》事件〟についてである。

テロリストの仲間と思われる賊《ぞく》が二人、バッキンガム宮殿を急襲して女王をさらっていったのだ。交換条件に、「グーテンベルク・ペーパーを渡せ」との言葉を残して。

公表もできないが、英国が今まさに直面している危機がこれであった。

「早期の解決を期待するよ」

官僚《かんりょう》的な言葉を残して、リード首相は部屋を出ていった。

一礼し、顔をあげたジョーカーからは、冷酷《れいこく》と見紛《みまご》うばかりの空気が漂っている。

たったあれだけの放送が完璧《かんぺき》にこなせないとは、予想以上に無能な男だ。口も軽い。首相になれたのは、他に適任者がいなかった、との皮肉はどうやら本当らしい。

任務にジョークを挟《はさ》むのはジョーカーの好《この》みだが、ミステイクはいただけない。

大英図書館、大英博物館。確かに些細《ささい》な言い間違えとして処理できる。そんなところを深読みするのは、よっぽどひねくれた性格の人間だろう。

「…………………」

しかし、なにしろ全世界注目の映像なのだ。繰り返し流され、検証されることだろう。

ジョーカーは、不安材料を頭の隅《すみ》に追いやった。

彼としては、他にも考えなければならないことは山とある。

「OK。あなたたちも撤収《てっしゅう》してください。私は直接、バッキンガム宮殿に向かいますので。後はよろしくお願いします」

ジョーカーはポケットから櫛《くし》を取り出し、金髪《きんぱつ》を丁寧《ていねい》に撫《な》でつけた。

歴代国王の居城《きょじょう》であり、世界に名だたる観光地としても有名なバッキンガム宮殿は、ザ・マルと呼ばれる並木町の西端にある。

宮殿前にそびえ立つ女王記念碑《ひ》、警備の衛兵《えいへい》は英国国民のみならず、観光客の目を楽しませてきた。宮殿は庭園だけでも四八〇〇〇坪《つぼ》、部屋数も六五〇と広大《こうだい》だが、王室の私邸《してい》はその一部だ。

一九九二年からは、夏期限定であるが内部も一般公開され、〝開かれた王室〟のイメージ作りを進めてきた。

そう、英国王室は、外観もそこで暮らす人々も関心の的《まと》なのだ。

昨今《さっこん》はスキャンダラスな話題も多いが、保守《ほしゅ》的な生活を望む層にとっては、女王はいまだ繁《はん》栄《えい》を極《きわ》めた大英帝国の象徴となっている。

女王は月曜から金曜までの平日を宮殿で過ごし、週末はロンドン郊外のウィンザー城に向かう、というのが通常のスケジュールである。

注意して見れば、その日、週末でもないのに女王不在という事実は誰の目にも明らかだった。宮殿の上にユニオン・ジャックが翻《ひるがえ》っているからだ。

バッキンガム宮殿は女王在宅時には王室旗《き》、不在時には国旗を掲揚《けいよう》することになっている。

ロンドン市民もそれを見て一瞬「おや？」という表情を作るが、衛兵のいつもより厳しい視線で、すぐにその場を去っていく。女王ももう老齢《ろうれい》だ、あるいはどこかに避難したのかもしれない。そんな理屈《りくつ》を考えながら。

「ええ、ええ。夜の一〇時です。陛下《へいか》はもうおやすみになられてました」

長く、荘厳《そうごん》な造りの廊下《ろうか》を側近《そっきん》の老女が先導する。

女王よりは何歳か若いだろう。物腰も口調も上品だが、全身から噴き出る疲れが見てとれる。事件発生から一二時間も経っていないが、何十年もの歳月を一気に過ごしたかのようだ。

ジョーカーは、廊下の端々《はしばし》を観察しながら老女の後に続いた。

「おひとりで、ですね?」

「もちろんですわ」

諫《いさ》めるようなニュアンスが込められた。質問したジョーカーにしろ、そういう意図《いと》は無かったのだが、老女の神経は過敏《かびん》になっているようだ。

外界で噂《うわさ》されるスキャンダルのせいもあるのだろう。

「では、手引きするような者に心当たりもない、と」

「あたりまえです」

言葉のキレが強くなった。忠誠心と、疑いへの反発によるものだ。

「ご無礼をお赦《ゆる》しください。私も事件解決をまかされた者ですので」

「しておかねばならないことは、ありますわね。お気になさらず」

反省のニュアンスを込めただけで、老女の態度は軟化した。ジョーカーにしてみれば、与《くみ》しやすい相手だ。

「それで、皆さんは?」

「もうお揃《そろ》いですよ。お部屋でお待ちです」

ジョーカーは首相の放送に立ち会って遅れたが、英国警察、MI6の責任者は昨夜から宮殿に入っている。無論、捜査のためだ。

「お一人、とても風変わりな女性がいましたけど……。東洋人で、髪もぼさぼさの……」

その正体が誰なのか、ジョーカーには瞬時にわかった。

「……それはおそらく、うちの人間です」

今朝《けさ》になってだが、ジョーカーは特殊工作部のエージェントを先行させておいたのだ。

〝ザ・ペーパー〟と内外にその名を知られる、優秀なエージェントを。

「まあ、そうでしたか。……警察にも、諜報部《ちょうほうぶ》の方にも見えなかったもので。観光客のお方が迷い込んできたのかと思ってしまって……。彼女、お部屋に案内してる間にも、作りつけの本《ほん》棚《だな》で立ち止まって、何度も迷子《まいご》になったんですのよ」

「ご迷惑をかけました。お詫《わ》び申し上げます」

ジョーカーの優秀なエージェントは、そこがたとえ女王陛下の宮殿であろうとも行動に変化はないらしい。頼もしくもあり、恥ずかしくもある。

歴史上に残る重大事件のはずが、彼女が関係してくるとどうして緊張感が薄れるのだろう。ジョーカーが、ピアノの発表会で幼い妹がモーツァルトを完璧《かんぺき》に演奏し、その後に粗相《そそう》をしてしまったような気恥《きは》ずかしさを味わっていると（そんな経験は彼には無いが）、老女が立ち止まった。どうやら現場、女王の寝室に到着したようだ。

英国女王の寝室という場所は、普通に生きていればおよそ縁のない場所だ。清掃人《せいそうにん》、寝台職人、そして彼女の親族（もちろん亭主を含む）ぐらいしか、入室を許されることはないだろう。ジョーカーは、自分でも正体不明の圧迫感に包まれる。

樫《かし》であろうか、大きな扉の取っ手に老女は手をかけた。

「……そう、夜の一〇時……。部屋の時計が鳴りました時、陛下《へいか》のお声が聞こえたのです。ここ十数年、聞いたことのないような大きな声でした」

「悲鳴ですか？」

「……それが……まるで嬌声《きょうせい》のような、不思議と明るい声だったのです」

「嬌声？」

ジョーカーが眉《まゆ》を顰《ひそ》めた。

「……嬌声というか、お気に入りのオペラ歌手に会った少女のような……そんな、感情的な声ですわ」

女王を弁護《べんご》するつもりなのか、老女は表現を変更した。それにしても時代がかった言い回しだ。今の世に、オペラ歌手に熱狂する少女などいない。

「それで私、部屋の前に駆けつけました……。警備の者が、既《すで》に来ておりました。私たちはお声をかけ、そしてこの、扉を開けたのです」

取っ手を握った手が震えている。昨夜の衝撃を思い出しているのだ。

「……中には、なにが？」

「おそろしい……こんなことが、こんなことが陛下に降りかかるなんて……」

老女はジョーカーの質問に答えることなく、扉を凝視《ぎょうし》している。これは、自分の目で確かめたほうがいいらしい。

壁が血にまみれているか、家具が焼けただれているか、いずれにせよ犯行現場は衝撃的に彩《いろど》られているものだ。

「お開けください」

ジョーカーが促して、老女は我に返ったようだった。扉をゆっくりと開いていく。

「…………………」

ジョーカーは、室内から漏《も》れだす午前の陽光に目を細めた。

しかしその目は、すぐに大きく見開かれた。

「大英図書館か。遅いぞ」

部屋の中には、十人近くの人影が立っていた。

英国警察、ＭＩ６の面々だ。

円卓《えんたく》会議室にて、グーテンベルク・ペーパー作戦が正式認可を受けた時のメンバーとはまた違う、ひと回り以上若い、壮年《そうねん》の男たちだ。事件の現場で指揮を執《と》る、最前線の切れ者である。その視線も鋭く、強い。

が、ジョーカーの目を見開かせたのは、男たちではなく、部屋の異様な内装だった。

「……失礼ですが、ここは女王の寝室ですか？　本当に？」

ジョーカーは室内を見回した。広い部屋は窓からの光にあふれ、白く輝いていた。

いや、白すぎる。そう、白以外のものはなにも無かった。

床も、壁も、天井も、一面純白に塗られていた。

家具も、照明も、絨毯《じゅうたん》も、調度の類《たぐい》は一切《いっさい》無い。男たちが立っていなければ、遠近感すら摑《つか》めないほどだ。

女王の寝室は、文字通り、何も無かったのである。

「間違いありません……昨日の夜から、このとおりなのです」

ジョーカーの後ろで、老女がつぶやいた。床に視線を落とし、おぞましいものから視線を避けるように。

「……となると、賊《ぞく》が一切合切《いっさいがっさい》を、盗み出したということですかね？　女王のみならず？」

しげしげと、壁と床の境界線を見据《みす》えるジョーカーに、男の一人が答える。

「そんな生《なま》やさしいもんじゃない。消したのさ、ありえない短時間で、手品《てじな》のようにな」

宮殿内でも、ヨロヨロのコートを身につけている。イライラとした顔つきは、ジョーカーより二、三歳ほど上だろうか。

「……英国警察のミルズだ」

「大英図書館特殊工作部の、ジョーカーと申します」

口元をムズムズとさせている素振《そぶ》りから、ジョーカーはこの男がタバコを我慢していることに気づいた。不機嫌なのはそのせいかもしれない。

「鑑識《かんしき》が悲鳴をあげてたぜ。この現場には毛髪《もうはつ》一本、指紋《しもん》の一つすら無い。賊どころか、陛下《へいか》のそれさえもだ。手がかりは皆無《かいむ》、提出書が一行ですむのは有り難《がた》いがな」

「似たようなケースは、過去にある」

ミルズと対峙《たいじ》して立っていた男が、口を開いた。歳《とし》はそう、四〇にさしかかったほどか。痩《こ》けた頬《ほお》と薄い唇が酷薄《こくはく》そうな印象を与えるが、声の質は柔らかい。

「MI6のエリオットだ」

「ジョーカーです」

男たちは握手を交わそうとしない。表層的な友好など、彼らには不要なのだろう。

「一年前、日本海で作戦行動を取っていた部隊が、まるごと消失したことがある。残ったのは船だけだ。公式には発表されなかったが」

「こんなトコで、非公式な事実を喋《しゃべ》っていいのかよ？」

「発表したところで信じてもらえるとも思えんからな。その残った船は潜水艦で、内装も機関も乗員もきれいに消失していた。いわば巨大なプラモデル、に変えられてな」

ミルズの口元が止まった。

「事件の主犯《しゅはん》と、関連性があるのは間違いない。昨日、テムズ河周辺をひっかきまわした、あのバケモノどももともな」

「正直、こんなファンタスティックな事件は警察でも諜報部《ちょうほうぶ》でもなく、おたくらの管轄《かんかつ》だ。せいぜい俺たちを顎《あご》で使ってくれや」

ミルズが挑発してくる。どうやら他の男たちは、二人の部下らしい。ジョーカーが来るまで、こんな牽制《けんせい》合戦を繰り広げていたのだろうか。

「……ご協力の申し出、痛みいります。で、ウチのエージェントはどこでしょうか？　先にお邪魔《じゃま》していると思ったのですが？」

「あの姉ちゃんか……」

ミルズの言葉が終わらない間に、バルコニーに通じるドアが開いた。

「！」

何人かが銃を抜き、ドアに向かって構《かま》える。一〇を越す銃口の先に、その女は現れた。

「あひゃあ」

緊張感の無い悲鳴をあげて、慌《あわ》てて両手をあげる。

「わっ、私ですっ。みんなの友だち、読子《よみこ》・リードマンですっ！　撃っちゃダメですっ」

手入れをしてない黒髪に、男ものの黒フチメガネ。だぼっと長いコートに、素《そ》っ気《け》のないシャツ、ネクタイは大英図書館の官給《かんきゅう》制服だ。

両手をあげたコートの内側から、ドサドサと本がこぼれ落ちた。

その表紙を見て、老女が顔色を変える。

「あなた、それはっ⁉　陛下《へいか》のご蔵書《ぞうしょ》じゃないのっ！」

「こ、このバルコニーから隣室に行けて、そこ、フッーに本棚《ほんだな》とかあって、調べてるうちに、えーと……手がかりとしてお借りできないかと思って……」

あわあわと口を開閉し、女——読子・リードマンは弁解した。誰が聞いても、説得力が無かった。

「盗人《ぬすっと》たけだけしい！」

「一応、連行するか？」

ミルズが部下に銃を下ろさせ、ジョーカーを見た。

「……できれば、事件解決後に。彼女は一応、ウチの切《き》り札《ふだ》ですので」

「すっ、すみませぇんっ！　もうしません、絶対に！　女王陛下《へいか》のコレクションとか聞いて、ついポーッとなっちゃって……」

ぶんぶんと激しく、水飲み鳥の玩具《おもちゃ》のように頭を下げる読子である。

「だってミルズさんもエリオットさんも難しい話してるし、私最近ロクに本も読めなくて、昨日は睡眠不足で、とにかくごめんなさーい！」

「……この場は大目に見てやってくれませんか、皆さん」

「ジョーカーさぁん……」

自分を庇《かば》う上司の言動に、読子の声も感激に染まる。

「事件解決後は市中《しちゅう》引き回しでも、ギロチンでも、〝鉄の処女〟でも、いかなる刑罰《けいばつ》でも受けさせますので」

「じょっ、ジョーカーさぁん……」

さらりと述べられる容赦《ようしゃ》のない提案に、読子の声は困惑に変わる。

「まあ、未遂《みすい》ということにしといてやる」

「返しなさい、まったく！」

老女は読子の取り落とした本をかき集め、隣室へと運んでいった。

すっかりしょげかえった読子の前に、ジョーカーが立つ。

「ザ・ペーパー。それで、この現場の調査は？」

「え？　あ、はい。ざっと見ただけですが……」

読子は両の指先で、メガネのポジションを調整した。

「ざっと見ただけでなにがわかる。鑑識《かんしき》の連中でもお手上げだってのに」

「……あんなこと言って、意見を聞いてくれないんですぅ……」

ミルズを指さして、読子がジョーカーに訴える。なるほど、この緊迫した状況に彼女の存在は不似合いこのうえない。

「まあまあ。……で、あなたの見解は？」

「……紙使いの仕業《しわざ》です。昨日の二人の仲間ですね」

予想はされていたことだが、それでもきっぱりと言い切る読子に、男たちの視線が集まる。

「バルコニーに、こんなものが落ちてました」

読子がコートのポケットから、もたくさと取り出したのは、小さな紙片だった。指でつまめば、隠れてしまいそうなものだ。

「ただのゴミじゃ、ないのか？」

「いえ、和紙、なんです」

「和紙？」

エリオットが興味深そうに、紙片を見つめた。

「ヨーロッパの製紙技術は、もともと中国から伝わったものです。中国は製紙法にぼろ布などを使っていたため、繊維《せんい》が多くて破れにくく、丈夫にできてるんです。でもヨーロッパでは宗教改革などの必要から、大量生産できて、薬品で強度や保存性をカバーできる洋紙が開発されたんです」

読子はぞろり、と袖口《そでぐち》から紙を取り出し、構《かま》える。

「私が普段使用しているのも、洋紙をベースにした改良紙です」

「どう違うんだ?」

ミルズのような人間には、専門外の分野である。並べられても、その差ははっきりとわからない。

「一番わかりやすいのは、断面ですね」

読子は自分の洋紙を破り、和紙と並べた。

和紙のちぎれた部分には、紙の繊維が細く、多く、目に見えて突き出ている。比べて読子の持つ洋紙は、繊維の方向が一定に定まっているので、突き出しも断然少ない。

「機械作業か手作業かで、繊維の密度は大きく異なります。手漉《てす》き作業の多い和紙は、破るとこうしてデコボコするんですね」

ジギーなら、より詳しい説明もできるのだろう。ミルズにすれば、ワケがわからないことには変わりないが。彼にとっては、重要なのは結論なのだ。

「……で、それがどう関係してくるんだ、あぁ?」

「大英図書館、大英博物館で回収した紙使いの紙片は、その八割が和紙でした」

読子の言葉に、男たちが反応した。

「和紙は水に溶かしたりして、彫刻にも使われます。強度においては、洋紙より遙《はる》かに上なんです。昨日の竜や、人形を作るには和紙のほうがずっと向いてます。おそらく、彼らなりの、紙使いとしての技術も練《ね》りこんでるんでしょう。だから、私とは違う能力も使えるんだと思います」

「東洋と西洋、紙使いどうしの腕比べ、というわけですか……」

ジョーカーが顎《あご》に手を当てて考える。

「陛下《へいか》を誘拐《ゆうかい》したのも、その腕か。で、どうやってさらったのかな？」

エリオットの問いに、読子ががっくりと頭《こうべ》を垂れた。

「すみません、そこまでは……」

相手の手がかりは摑《つか》めるが、その能力ばかりは想像するしかない。しかし白竜《はくりゅう》、連蓮共《りんりー》に、その能力は読子の想像を超越《ちょうえつ》するものだった。

まったく異なる技術を会得《えとく》している紙使い。

容易に予測のたてられる相手ではないのだ。

「役に立たねぇな、おい！」

「ごめんなさいです……」

読子は外見で、どうしても相手に軽く見られるきらいがある。それが戦闘においては有利にもなるのだが、通常時においては今のように扱われる理由にもなっているのだ。

ペーパードラゴンを撃退した場面を見せれば、ミルズとて舌をまくはずなのだが。読子の性格と能力の大きなギャップは、まだ当分の間諸刃《もろは》の剣《つるぎ》となることだろう。

「……で、賊《ぞく》の残していったものは?」

ジョーカーが話題をすりかえた。というよりはむしろ、本道に戻したというべきか。

「ああ、これだ」

エリオットが部下に命じ、ビニールにパッキングされた紙を運ばせてきた。

特に変わったところのない、メモ用紙サイズの紙だ。

その中央に走り書きで「女王は預かった。グーテンベルク・ペーパーと引き替えだ」とだけ記されている。

「グーテンベルク・ペーパーってのはなんだ?」

ミルズがジョーカーに訊《たず》ねる。エリオットも知らされていないのだろう、興味を持った目で見つめる。

「……機密《きみつ》ですので、私からは説明しかねます」

ジョーカーは、目線で読子に念押ししながら返答した。

「ちっ。協調性のねぇ」

ミルズが舌打ちする。英国警察、ＭＩ６、大英図書館の混成チームには、はやくも不協和音《ふきょうわおん》が聞こえ始めていた。

「あくまで任務として、取り組んでいただければ、と」

「任務以上のことは、しなくていいんだな」

エリオットの対応にも、友好的な空気は無い。

もっとも、この部屋に入ってからそんなものが感じられたことなど無いのだが。

「……ちょっと、見せてもらえますかぁ？」

三者の関係論にまったく興味を示さず、読子がパッキングされた紙に手を伸ばした。

「どうぞ。諜報部《ちょうほうぶ》の解析《かいせき》にもかけたが、この部屋と同じく指紋《しもん》の一つも見つからなかったがね」

読子は、エリオットから紙を受け取り、無造作《むぞうさ》にビニールを破く。

「!?　なにをする！」

ジョーカーさえもが目を丸くした。エリオットは慌《あわ》てて読子から紙を奪い返そうとしたが、彼女がその紙片を鼻先に持っていったのを見て、動きを止めた。

「……なにをしているんだ、君は？」

「くんくん……手がかりが、無いかと思って」

読子は紙の匂《にお》いを嗅《か》いでいるらしい。レディーとしてははしたない行動と言えるが、咎《とが》める者はいない。その段階を通り越し、呆《あき》れているのだ。

「嗅《か》いでわかるのか？　警察犬か、おまえは？」

ミルズが首を振って言う。彼としては、エリオットの取り乱した姿を見られたのが、ささやかな喜びだった。

しかしジョーカーだけは、真剣な目で読子を見ている。

彼だけは、読子が紙の手触り、匂《にお》い、外見などで本の真贋《しんがん》すら見抜く能力を持っていることを知っているからだ。

科学分析《ぶんせき》の届かない領域に、彼ら愛書狂《ビブリオマニア》は到達することができるのだ。

「……なにか感じますか、ザ・ペーパー？」

「……………………」

顔の下半分を紙で覆《おお》った読子は、くぐもった声で答えた。

「……樹と、埃《ほこり》の匂い……ずいぶん古い紙ですね、これ」

ミルズとエリオットが、顔を見合わせる。

「……ガスクロマトグラフィーには、かけてない。そうする必要は、無いと思ったから…」

「だが、なんでそれがわかるんだ？」

「そういう人種なのです。愛書狂、紙使いという者は」

どこか得意そうにさえ聞こえる、ジョーカーの返答である。

「……くんくん……だけど、端《はし》のほうは、空気に触れてそんなに時間が経ってません……つまり、昨日破かれて、ここに置いてかれたんですね……うふっ」

奇妙にうっとりと言葉を続ける読子に、ミルズが眉《まゆ》をひそめる。この女、紙の匂《にお》いで興奮してるんじゃねぇか⁉

「東洋人で、古い紙を持っている人間をしょっぴけばいいのか？」

「古書売買《ばいばい》の観光ツアーが来てないことを祈るばかりだな」

どうにもあまり、読子の分析《ぶんせき》も事態を進展させそうにない。彼らの急務は、女王陛下《へいか》の無事を確認することなのだが。

「……この紙……なんだか、懐《なつ》かしい匂いがします……」

「懐かしい？」

ジョーカーが読子の言葉を繰り返した時だった。

静かな部屋に、ノックの音が響いた。

「⁉」

男たちの目が、音のした方向に向けられる。

それは、ドアと逆方向、陽光を取り込む窓の外から聞こえていた。

窓の外は当然、庭である。人の姿は無い。

だがしかし、ガラスを叩くコツコツという音は、全員に聞こえていた。

「……おい？」

ミルズが、驚きの入り混じった声をあげた。

ガラスを叩いているのは、紙飛行機の先端だった。

どこからか飛んできた紙飛行機が、その先をぶつけているのだ。しかし驚くべきは、それがノックになっていることだ。

普通、最初の衝突でガラスが開かなければ、紙飛行機はその場に落ちる。推進力が遮断《しゃだん》されるからだ。だが、彼らの目撃している紙飛行機は、微妙なホバリングを続けながら、窓にぶつかり続けている。

夜行性の虫が、明るい室内に入り込もうとするように。

「……こんなことって……」

隣室から戻ってきた老女が、ポルターガイストじみた現象に顔を蒼《あお》くする。

「……開けろ」

エリオットが部下に命じた。

部下の青年は、こんなことしに諜報部《ちょうほうぶ》に入ったんじゃない、という心の声を露骨《ろこつ》に表情に出し、おそるおそる窓へと近づいた。

イラついたかのように、ノックのテンポが速くなる。紙飛行機は、明らかに意志を持った動物そのものだった。

男たちが警戒する中、読子だけが特に敵意もないまま紙飛行機を見つめている。

青年の開いた窓から、陽光と微風と紙飛行機が、静かに入ってきた。

「……気をつけろ」

とはミルズの言葉だが、誰もがどう気をつければいいのかわからない。

大の男が十数人も集まって、のろのろと飛ぶ紙飛行機を見つめている図はある意味滑稽《こっけい》とさえいえた。

威風堂々《いふうどうどう》、とでも讃《たた》えようか。紙飛行機は微塵《みじん》も怯《ひる》むことなく、敵陣の中を飛び続け、

「……あいたっ」

こつん、と読子の額《ひたい》にぶつかって、落ちた。

「ザ・ペーパー！　無事ですか？」

大袈裟《おおげさ》すぎる声で、ジョーカーが読子にかけ寄る。

「ええ……まあ。紙ですから」

紙飛行機は読子の手元に着陸している。その下には、先ほどまで読子が匂《にお》いを嗅《か》いでいた紙片がある。

その断面を見て、読子は気づいた。

「ああ！」

紙飛行機を開き、紙片の一辺と近づける。繊維《せんい》のケバだちは美しく一致した。

この二枚は、同じ一枚の紙を破ったものなのだ。

「それが、いったい……？」

「えぇっと、形状記憶の性質みたいなものだと思うんですが。こっちの置き手紙が空気に触れるかすると、それに反応して自動的に飛んでくるよう、セットしてるんだと思います」

「……そんなこと、できるのか？」

「私には、できません」

読子があっさりと答える。事実だからしょうがないのだが。

「……なら、この近くにいるのでは？　セッティングしたのは少なくとも、諜報部《ちょうほうぶ》がパッキングをした後ということですし」

ジョーカーの指摘に、ミルズが部下を見る。

「おい！　宮殿の周りを探せ！」

彼の一令で、警官たちがどかどかと出ていった。

「……無駄《むだ》だと思います。この飛行機、私たちが思ってるよりずうっと遠くから来てますよ、たぶん」

つまりはそれだけ、相手の能力も高レベルにあるということだ。

「電話なら逆探知《ぎゃくたんち》もされる。加工しても声のデータが残る。条件提示と威嚇《いかく》を兼ねた連絡方法というわけですか。……紙飛行機が」

ジョーカーが、手の甲で額《ひたい》の汗を拭《ぬぐ》った。恐ろしくも微笑《ほほえ》ましいアプローチを、どう処理すればいいのか即断できない。

読子は開いた紙飛行機に記された文面を読み上げる。

『四八時間後。明後日《あさって》の正午。ピカデリー・サーカスにグーテンベルク・ペーパーを持ってこい。それと引き替えに女王を解放する。受け渡し人は大英図書館特殊工作部の〝ザ・ペーパー〟を指名する』

自分の名前が出現し、読子は思わずジョーカーを見た。

「ピカデリー・サーカス⁉　真っ昼間、ロンドンのど真ん中を取引場所に選ぶだと⁉　いったいなにを考えてんだ！」

ミルズが頭を抱える。対して冷静に、エリオットが携帯電話の特殊コードを開いた。

「ピカデリー・サーカスの周域を徹底捜索しろ。見える場所はすべてだ。狙撃班《そげきはん》の配置も決めておけ。今から四八時間、非常態勢を維持《いじ》する」

素早い指示に、ミルズも負けじと口を開くが、彼の部下たちは一人残らず外へ飛び出している。

「てめぇらっ、さっさと戻ってこいっ！」

窓の外に叫ぶ胴間声《どうまごえ》も、広大《こうだい》な敷地に散らばった部下たちに届くかは、はなはだ疑問だ。

「……ジョーカーさん。大英図書館は、女王陛下《へいか》と引き替えに、グーテンベルク・ペーパーを渡すんでしょうか？」

「……わかりません。ことグーテンベルク・ペーパーに関しては、決断するのはジェントルメンですから」

女王を取るか、グーテンベルク・ペーパーを取るか。その最終的な結論は、実はまだ出ていない。ジェントルメンすら迷っているのだ。

作戦が始まった折、ジェントルメンは「どれだけ犠牲《ぎせい》を払っても構《かま》わない」と言った。だが、英国の象徴たる女王が人質《ひとじち》となっては、話も変わってくるだろう。

ジェントルメンとしては、特殊工作部が紙使いたちを内密《ないみつ》に捕らえることが望みのはずだ。言外《げんがい》の威圧《いあつ》で、それがわかる。

逆を言えば、それが達成できないとジョーカーの立場は極《きわ》めて危《あや》ういものとなる。

頼みの綱《つな》は、今目前にいるこの女なのだが……。

「……ザ・ペーパー」

「はい？」

読子・リードマンは珍しそうに、置き手紙と紙飛行機だった紙片を見比べている。

切断面を静かに近づけると、驚くべきことに、それはぴったりとくっつき、一枚の紙に戻った。

「ひゃっ！」

磁石《じしゃく》が引き寄せあうような引力を感じ、読子は驚きで身を引いた。

剣の達人が切った植物は、すぐに繋《つな》げば元通りになるという逸話《いつわ》がある。

紙使いの知らざる能力を、まさに見せつけられた気分だった。

紙は、一度折られるか破られるかすると、二度と元には戻らない。読子にしても、断面が一致することなどありえない。上に接着するのがせいぜいだ。

「……この紙使いの腕は、あなたより上なのですか？」

「はい。……圧倒的に」

読子の正直すぎる答えは、ジョーカーに大きなダメージを与えた。

目まぐるしい保身の計算が、脳の中で展開される。

そんなジョーカーの心中など露知《つゆし》らず、読子は一枚となった紙を見つめていた。

恐るべき、敵の紙使い。

しかし、昨日の白竜もそうだったのだが、彼女は彼らに純粋な敵意を持てないのだ。

同じ能力者というせいもあるだろう。読子の持って生まれた性格もあるだろう。

だがそれをさしおいても、紙越しに伝わってくる彼らの人格は、決して不快なものではない。

無論、昨日の事件で死傷者は出ている。それは償《つぐな》うべき罪だ。

だが、だからこそそうなる前に、平和的に事態を解決する手段もあるような気がするのだ。

例えばである。

例えばもし、である。敵が本当に冷酷非情《れいこくひじょう》なら、今の紙飛行機で読子の額《ひたい》を貫《つらぬ》くこともできたはずだ。

読子は額をさすった。

紙飛行機の先端が触れた箇所《かしょ》には、指で突かれたような感触が残っている。

かつて、恋人のドニーにそうされたような、懐《なつ》かしい感触。

「…………………」

ふと、読子の心中に霧のようなものが生まれた。この懐かしい感触に、自分は最近、触れたことがある。

「……………どこだっけ……?」

ぼんやりとした闇は、明快な記憶には変わらない。

読子は、この紙飛行機を飛ばした相手を思い出せずにいた。

今は、まだ。

第二章『ペテン』

大規模なテロリズムは、その後処理《あとしょり》にも多大な時間と労力を必要とする。

テムズ河周辺は、瓦礫《がれき》の除去、破壊された建造物からの人命救助などで騒然《そうぜん》としている。救助隊、消防官、警官、ボランティア団体などが入り混じっているが、交通規制や検問、個別の尋問《じんもん》やチェックなどで各作業は滞《とどこお》っている。

そんな中で思わぬ被害を受けているのが東洋人だ。紙の竜に乗っていたのが東洋人であるという話は市民にまで流れ、観光客、留学生、在英人、のみならず英国国籍を保有する人々までもがいわれのない、疑いの眼差《まなざ》しを向けられていた。

英国の緊張は静かに、だが確実に高まりつつあった。

昨日の襲撃で多大な被害を被《こうむ》った大英《だいえい》図書館にしても、それは同じだった。

連蓮《りんりー》が紙人形を使って暴れた図書館は臨時閉鎖《へいさ》され、スタッフ総出で内部の補修と蔵書《ぞうしょ》の被害確認などが行われている。

しかし彼らを最も重い気分にさせるのは、彼女の被害者となった同僚、利用客についての事《こと》柄《がら》だった。

遺体を運び、血痕《けっこん》を拭《ふ》き取り、親族に通知するなどの作業はどれだけ事務的になろうとしても、苦痛以外のなにものでもない。

破損した書物は修繕《しゅうぜん》スタッフに引き渡される。

それはやがてまた、本棚《ほんだな》に戻ってくるだろう。

だが、失った同僚や利用客は、二度と帰ってこないのだ。

大英図書館に比べ、特殊工作部の被害が少なかったのは、地理的な問題とファウストのとった戦術に理由があった。

連蓮の紙人形に殴打《おうだ》され、打撲《だぼく》や骨折などの負傷者は出たものの、死者は一人もいなかった。コンピュータのシステムや蔵書に被害は出たが、大英図書館の惨劇《さんげき》に比べれば、どうということはない。

普段は疎遠《そえん》気味で、複雑な感情をぶつけあう相手だが、私的レベルになれば知人もいるし、出身者も少なくないのだ。

ゆえに、特殊工作部は自分たちの復旧《ふっきゅう》を後回しにし、大英図書館のスタッフを手伝うことを志願した。

大英図書館側もそれを受け入れ、両者は沈黙の中で、だが整然と館内の復旧作業を進めているのだった。

しかしそんな中で、一部のスタッフは通常の、いや通常よりも特殊性の高い任務を続けるように指示されている。

開発部責任者ジギー・スターダストは、ひき続きグーテンベルク・ペーパーの解析《かいせき》に取り組んでいる。彼の抱えるスタッフも、半数がその任務に残っている。

それはジョーカーからの指示だが、ジェントルメンの意志でもある。

この戦慄《せんりつ》すべき事態においてもなお、ジェントルメンが〝たかが紙一枚〟に執心《しゅうしん》していることは、彼にとって不気味《ぶきみ》であった。

「……拡大せい」

アクリルのプレートに挟《はさ》んだグーテンベルク・ペーパーを電子顕微鏡《けんびきょう》で拡大し、画面をモニターに映し出す。

「グーテンベルクがヨハネス＝フストとの裁判に敗れたのが一四五五年、その後、工房のあったマインツから亡命したのは、一四六二年。その七年の間にこの紙が印刷されたとして、ゆうに五世紀以上の年月を過ごしておる」

「幾多《いくた》の戦火、天災、人間の欲望と思惑《おもわく》をくぐり抜けてきた、というわけだ。一枚でも残ったのが奇跡だな」

ジギーの隣でモニターを見つめているのは、灰色の髪の華奢《きゃしゃ》な少年だ。外見は一〇を越えた程度の姿だが、その実年齢《じつねんれい》は四〇〇を上回る。

ジェントルメンの命令で、大英博物館に幽閉《ゆうへい》されていた彼は、ファウストと周囲に呼ばれている。

祖父と孫が会話しているような光景だが、二人の会話はそのように穏《おだ》やかではない。

「紙にしろキサマにしろ、ワシよりずいぶんと年長じゃな。老《お》いぼれ相手に、こりゃ神経を遣うわい」

「表面を丁寧《ていねい》にさらってみたらどうだ？　ヒトラーの指紋《しもん》ぐらい残ってるかもしれないよ」

ファウストがジギーに返したのは、この紙がベルリンの地下壕《ちかごう》で見つかったこと、ジギーが少年時代をナチスの収容所で過ごしたことを知った上での皮肉だ。

ジギーは物質的な分析《ぶんせき》を、ファウストはその紙面に記された、謎《なぞ》の文面の解読を受け持っている。

二人の舞台は同じく、この一枚の紙だ。

だが彼らは手を取り合って踊るよりも、その上で毒舌《どくぜつ》というグラブをつけて殴《なぐ》りあうことを好《この》んでいるようだった。

「うかつにいじると破損する。まったく、苦労するわい」

実に五世紀を耐え抜いてきた紙だ、まさに触れれば壊れそうなほど損傷している。ゆえにジギーの分析《ぶんせき》は慎重《しんちょう》にならざるをえない。

「耐久性《たいきゅうせい》をあげるよう、薬品処理も考えたが、どう反応するかもわからんしな」

「いろいろ遊ぶのは、僕の仕事が終わってからにしてくれよ」

ファウストが挑発的な口調でジギーを煽《あお》る。

彼は昨日、幽閉《ゆうへい》を解《と》かれるまで、大英博物館の一室にて監禁《かんきん》状態にあった。そのせいか、人との会話を楽しんでいるフシがある。決して自分では認めないだろうが。

幽閉を解かれたとはいえ、彼の身は特殊工作部の監視下にある。それがジェントルメンの出した条件なのだ。

ファウストの希望で、その監視は読子《よみこ》が行っていたが、現在彼女は女王誘拐《ゆうかい》事件に駆り出されているため、代わりの監視員が同じ室内の隅《すみ》から見張っている。

ともあれ、長年大英博物館に運びこまれる遺物を解析《かいせき》し続け、歪《ゆが》んだ叡智《えいち》をその頭脳に蓄《たくわ》えたファウストが、このグーテンベルク・ペーパー解読のカギを握っているのは事実だ。

さらに言えば、昨日連蓮、白竜《はくりゅう》の襲撃において、状況打破のきっかけを作ったのも彼なのである。

隣に座る、少年の姿をした怪物に、改めて奇妙な親近感と戦慄《せんりつ》を覚えるジギーだった。

「……で、フェイクは？」

黙るジギーにファウストが切り出したのは、グーテンベルク・ペーパーの模造品《もぞうひん》についてのことだった。

「昨日作ったのがあるだろうに」

連蓮をトラップにかけるエサとして、ジギーのスタッフはグーテンベルク・ペーパーのフェイクを連蓮に渡したのだ。それは彼女の血にまみれて返却されたのだが。

「あんな即席品じゃダメだよ。貧民窟《ひんみんくつ》の贋作師《がんさくし》だってもっといい仕事をする」

「時間が無かったんじゃ。うちの連中が本気を出せば、あんなものではないわ」

「その言葉を証明してくれ。なるべく早く、なるべく高品質で」

ジギーがふと、いぶかるようにファウストを見る。

「なんでそんなにフェイクを気にする?」

「絶対に必要になるからさ」

フェイクの製造は特殊工作部の任務でもある。闇オークションにて出席者を釣る罠《わな》などに使ったり、今回のような超一級の貴重品で、移動や環境変化を回避《かいひ》したい場合のために造るのだ。

とはいえ、その理由の多くは〝念のため〟というあやふやなものなのだが、昨日のケースはそれが役に立ったのだから「備《そな》えあれば憂《うれ》い無し」といえる。

どのみち、稀覯本《きこうぼん》の真贋《しんがん》を判定する特殊工作部が、同時にフェイクを造っているのはあまりいい印象の話ではないが。

「……女王の件か」

「昨日のような不意打ちならともかく、次はじっくりと調べられることは間違いない。しかも相手は紙使いだ」

読子たちの報告はまだだったが、特殊工作部は女王の誘拐《ゆうかい》も紙使いの仕業《しわざ》と確信していた。紙の竜を空軍が攻撃した時、ロンドン塔《とう》から援護《えんご》した男はまだ捕まっていないのだ。

「本物を見ずして、偽物《にせもの》をみやぶるかな？」

ジギーが指摘したのは、残る紙使いもグーテンベルク・ペーパーの実物を見ていない、ということだった。ドイツから北海《ほっかい》、そしてこのロンドンまで、特殊工作部は彼らからこの紙を護《まも》りとおしているのだ。

「連中を侮《あなど》っちゃいけない。こと紙、本に関しては人類の中のスペシャリストだ。用心してしすぎることはない」

ジギーも油断しているわけではないが、こういう予防線の張り方にファウストの持つ年輪が感じられる。

「まあよかろう。しかしその間、文面の解析《かいせき》は画像で取り組めよ」

「わかってるさ。しょうがない」

文章の解読なのだから、ファウストの作業は紙を撮影した写真で行えばいいだろう、とはジョーカーの弁だった。

彼としては、この厄介《やっかい》な男にあまり特殊工作部内をうろついてほしくない、という思惑《おもわく》があったに違いない。

しかし、ファウストは可能な限り現物《げんぶつ》を使用させるよう、要求した。

「解析は、文章だけで行うわけじゃない。紙の色、インクの材質、折り目のシワにいたるまでが、筆者の置かれた環境、心理、思考に到達するカギになるんだ。それを写真で行うのは、ヒントのないクロスワードを解《と》け、というのと同じだよ」

ファウストの言葉には、ジギーも賛成した。この意見だけ取るならば、彼のほうが正しかったからだ。ジョーカーは、不承不承《ふしょうぶしょう》だが譲歩《じょうほ》した。

「シワの一つ、折り目の一つ、汚れの一つまで完璧《かんぺき》に再現するんだ。同年代の稀覯本《きこうぼん》、できれば『四二行聖書』がいいな。それをバラして再生紙から作りあげよう。少なくとも、読子が手にしても最低一分は気がつかないレベルまで持っていきたい」

ファウストの注文に、ジギーは嘆息《たんそく》する。

「高価なニセモノになりそうじゃな。……しかし、本当に使用する機会があるかのう」

女王誘拐の報を聞いてから、ジェントルメンの最終決断は未だに届いていない。

今回のグーテンベルク・ペーパーに関して、ジェントルメンは尋常《じんじょう》でない執着心を見せている。事実、大英図書館で連蓮がとった人質《ひとじち》を「配慮《はいりょ》の必要はない」と言い放ったのである。だからこそ、相手も女王の誘拐という手段に出たのだろう。

だが、今回のジェントルメンは女王すら見捨てかねない覚悟があるように思える。それは直接見たわけではなく、指示を仰《あお》ぐジョーカーを見ているだけでも伝わってくる。

「……M I 6《エムアイシックス》まで動かして、女王を見捨てるか？」

「ジェントルメンの権力なら、口封じは可能じゃ。M I 6自体が無くなっても、わしは別に驚かんよ」

ジギーは、自分の言動が危険な領域に踏み込みつつあるのを自覚していた。

「確かに女王は英国の象徴。しかし、それは表の話よ。英国の舵《かじ》は今も昔も、ジェントルメンが握っておる。表に出るわけにはいかんからの。不老の身の、おまえと同じく」

最後の言葉は、ファウストに向けられたものだ。

「……だろうな。僕にしても、ジェントルメンにしても、人から隠れて生きるしかない。自分の得たもののために」

ファウストが、遠くを見るように目を細めた。

「だが、隠れているからこそ、守りたいものもあるだろう。僕はまだ、ジェントルメンの中にそんな気持ちが残っていることを信じたいよ」

「…………………」

ジギーが黙ったのは、ファウストの言葉が、彼とジェントルメンの確執《かくしつ》に抵触《ていしょく》していると察したからだ。

二人の間になにがあったのか？

ファウストは、ジェントルメンの秘密を知っているのか？

興味深い疑問だが、それを知ることは危険を意味する。

ジギーは危《あや》ういところで踏み止《とど》まった。

喉《のど》まで出かかった質問の言葉を、どうにかのみ込んだのである。

問えば、ファウストは答えたかもしれない。

だがそれを知った時から、自分もこの大英図書館に幽閉《ゆうへい》されるのではないか？

「………………………………」

ジギーは戦慄《せんりつ》し、沈黙した。

その沈黙の意味を見透《みす》かしたように、ファウストが笑った。

「賢明《けんめい》だ、ジギー」

少年の顔に、疲れた老人のような微笑が浮かんでいた。

「人は、自分のなすべきことをすればいい。君が目下《もっか》するべきことは、このグーテンベルク・ペーパーを分析《ぶんせき》することだ。それで、ジェントルメンの機嫌を損《そこ》ねることはないだろうよ」

その言葉の裏にあるものに、ジギーは気づいた。

文面をファウストが解読したら。ジェントルメンが欲《ほっ》しているものを知った彼はどうなるのだろう。また幽閉生活に戻るか、あるいは命を奪われるか。どのみち、解放されることなどないだろう。

解読者が、ファウストであること。

それが一番平和的な、方法なのだ。少なくとも、表の世界とまだ接点を持つ自分たちにとっては。

「さあ、ぐずぐずしてないでフェイクを作ってくれよ」

「……わかった」

ジギーは頷《うなず》き、彼のスタッフに指示を出すべく、立ち上がった。


「うー…………うー…………」

部屋の中に、うなり声が響いていた。

シングルのベッドにテーブル、ソファーに一七インチのTV、そして妙に大きな本棚《ほんだな》。ビジネスホテルの一室を、少しばかり広くしたような部屋である。

窓が無いのは、その部屋が地下にあるからだ。灯《あか》りはもっぱら天井の蛍光灯《けいこうとう》、換気はエアコンが兼ねている。

設備としては快適であるが、ベッドに寝ころんでいる菫川《すみれがわ》ねねねの精神状況は、きわめて不《ふ》愉快《ゆかい》なものだった。

「……うあーっ！　退屈だっ！　ガマンできーんっ！」

ベッドのスプリングを利用して、一気にはね起きる。勢いづいて前に倒れそうになるが、

「ふぬぅっ！」

はしたないかけ声でどうにか持ちこたえた。

読子を追って、はるばる英国まで来たはいいが、到着そうそう事件に巻き込まれ、連蓮の人質《ひとじち》になった。

我ながら人質にとられやすい、というか事件に出くわしやすい性格（本当に性格のせいだけなのかは不明だが）だと思う。

案《あん》の定《じょう》、というかそれは大英図書館がらみ、つまりは読子がらみのトラブルで、探し求めていた彼女に会えたものの、会話もロクにしない間に、この部屋に閉じこめられたのである。

どうやらここは、読子の所属する大英図書館特殊工作部の職員が利用する宿泊施設らしい。

追い出されるよりはマシだが、自由を奪われるのはまた困りものだ。

「あたしは先生に会いに来たのよっ！　こんな異国の地でまでカンヅメになりに来たんじゃないっ！」

と叫んでドアをどんどんと叩いてみたが、返事は一度も無かった。

トイレとバスルームはついているものの、外に出られない、読子に会えないでは本当に締め切り間際《まぎわ》のカンヅメと同じである。

「なんかこー、創作意欲を刺激するっ……好奇心を揺さぶる……退屈を吹き飛ばす……そんな

非日常を求めてきたのにっ！　飛行機代返せっ！」

部屋の端《はし》にある監視カメラを睨《にら》みつけ、そう怒鳴った。作動しているかはわからないが、年頃の娘としてはいい気がしない。脱いだソックスで、思いっきりレンズを覆《おお》ってやった。

ＴＶを点《つ》けても外国の番組ばかり（というか、ねねねのほうが異国人なのだが）、本棚《ほんだな》の本も英語ばかりで、もう寝るしかない。

しかしひとしきり寝て疲れも取れれば、余計に退屈の虫が騒ぎだす。

作家で女子高生（休学中だが）で日本人、ゆえに人一倍じっとしていられないねねねである。聞こえよがしに文句や愚痴《ぐち》など叫んでいるのだ。

「だいたいあのメガネ、なにやってるっ！　あたしがワザワザ会いに来てやってるっつぅに、顔も出さないのはどういうことだっ！」

メガネ、とは無論読子のことである。八歳も年上なのだが、力関係としてはねねねのほうが圧倒的に上なのだ。ガキ大将といじめられっ子のそれに近い。

ぐー～～～～～～～～るるるるる～～～～るるるぅぅぅぅ……。

退屈の虫、怒りの虫に誘われたか、腹の虫まで鳴き始めた。

「むぅっ……。そいえば昨日からナニも食べてないじゃないっ」

意識すると、余計に空腹感が増してくる。

「誰かー！　朝メシ……ってもう昼メシか、持ってこーい！」

それが聞こえたわけでもないのだろうが、タイミングよくドアがノックされた。

「！　開いてないわよっ」

せいぜいの皮肉をぶつけてやると、電子音が鳴り、ドアが開いた。開錠《かいじょう》の音だ。

「失礼します」

危なっかしい手つきでトレイを持ち、褐色《かっしょく》の肌に金髪《きんぱつ》の少女が入ってきた。

トレイの上からは湯気が上っている。おそらく、食事だ。

「んっ!?」

その顔には、見覚えがあった。神保町《じんぼうちょう》に、読子を迎えに来たメイド姿の少女だ。

「！　あんたっ！」

ねねねの大声に驚かされ、少女——ウェンディがわたわたとトレイを揺らした。

「あわ、あわ、おおうっ！」

「わーわーコボすな落とすな落とすと死なす！」

焦《あせ》ったねねねが見守る中、ウェンディはどうにかバランスを回復した。

思わず、「……ほぅ」という安堵《あんど》の息が重なる。

「……！　あんたっ！　見覚えあるわよっ、確か先生んトコに来たメイド娘！」

さすがに今日はメイド服を着ていないが、それでもねねねは覚えていた。なにしろ読子と協力し、自分を縛《しば》りあげたのだから。

「うぇっ、ウェンディ・イアハートですっ。お食事をお持ちしましたっ」

自分のほうが年上なのに、どこか怯《おび》えるような顔でねねねに立ち向かう。食事の乗ったトレイを盾《たて》のごとく突きだして。

「むぅっ……」

マッシュポテトのサラダにコーンスープ、そしてローストビーフのヨークシャープディング添え。香ばしい匂《にお》いがねねねに届いた。

「……ちぃっ。仕返しはとりあえず、おいとくわ。さっさとそのクイモンを寄越しなさい」

作家というより盗賊《とうぞく》のような口調で、ねねねはトレイを指さした。

猛獣使いになった心境で、ウェンディがテーブルにトレイを置く。

「いただきまーす！」

と同時に、ねねねが食べ始めた。猛烈な勢いだった。

「あの、それじゃ私はこれで……」

さっさと退散しようとするウェンディの手を、ねねねが掴《つか》む。

「待ひなさいほ。ちょっと聞きたいほほがあんのほ」

口に食事を頬張《ほおば》りながらの言葉だが、視線はウェンディにぴたりと向けられている。

「私、まだ仕事があるので……。離してくれませんか？」

「なに？　お客の言ふほほに逆らうふもり？」

特殊工作部にしてみれば、ねねねは招かれざる客である。そのことを自覚しているのかいないのかはわからないが、これだけ大きな態度が取れるのはたいした度胸といえる。

「はなー、はなー、離してくださぁい」

「ノー」

ぶんぶんと手を振るウェンディだが、ねねねは摑《つか》んだ手のひらを開く気配はない。

二人は、英語と日本語の入り混じった会話で話している。ねねねは平均的女子高生たる英語力しか持たないし、ウェンディにしても読子を迎えるために速攻で日本語の日常会話を頭に入れた程度だ。

それでも、年齢も近いせいか、互いの表情とジェスチャーが加われば、言ってることのほとんどはわかる。はなはだ当惑すべき事実だが、ねねねが自《みずか》らの意志を変える気が無いことも、ウェンディには十分伝わった。

「……………はぁ。だから、イヤだって言ったのに……」

ウェンディは、ねねねの面倒を見るよう、読子から頼まれていた。確かに、特殊工作部で彼女と面識がある人間は他にいない。

読子のペントハウスにて、ねねねの脅威《きょうい》をかいま見ていたウェンディは、最初後込《しりご》みしたのだが、〃ザ・ペーパー〃から「そこをなんとか、お願いしますぅ」と懇願《こんがん》されては、断り切れなかったのだ。

この菫川ねねねには、強烈な自我に裏付けされたカリスマ性がある。それが作家という職業に関係しているのかはわからないが、強引な押しの強さは個性として評価するべきだろう。自分以外の人間に向けられている時は、であるが。

ウェンディ自身も忙しい身ではあった。システムが破壊されたせいで、連絡のやり取りはもっぱら書面になっている。メッセージの投函《とうかん》ボックスは常にいっぱいで、彼女たち見習いはそれを各個人に届けなければならないのだ。簡単にいえばメッセンジャーなのだが、状況が状況だけにハードワークこのうえない。

「ごちそーさん。二ッ星！」

器用に片手だけで、ねねねは食事をたいらげた。機嫌もそこそこ回復したか、年相応の笑顔をつくる。

その笑顔を見て、少しだけ警戒を緩《ゆる》めたウェンディだった。考えてみれば、自分より二つ下の、まだまだ少女といっていい歳《とし》なのだ。

頼りの読子は、事件に駆り出されて会うことができない。

傍若無人《ぼうじゃくぶじん》とも取れる態度は、異国の地で事件に巻き込まれた不安を、少しでもごまかそうとする自己防衛なのかもしれない。そう考えると、わずかな間でも話し相手になってやろうか、とも思う。

ウェンディは、ひと休みするようにベッドの端《はし》に腰掛けた。

「お口にあって、よかったです。一応、日本人向けにって料理長にはお願いしたんですよ」

しかし、そんなウェンディの気くばりも、ねねねには届いていなかった。

「さてと……腹もふくれたことだし、尋問《じんもん》を始めますか」

「えっ？」

言葉の意味を、ウェンディは咄嗟《とっさ》に理解できなかった。〝ジンモン〟という単語がひっかかったのだ。

ねねねはウェンディに並ぶように、ベッドの端《はし》に座った。

「あの……なにか？」

「とうっ！」

かけ声だけ聞けば飛び上がっていそうだが、ねねねの取ったアクションは、ウェンディの両《りょう》頬《ほほ》をびーっと引っ張ることだった。

「！　ひ、ひらいひらい！　あひするんでふかっ！」

そう抵抗しながらも、ウェンディの脳裏《のうり》には神保町での一コマが蘇《よみがえ》っていた。

まさに彼女の目の前で、ねねねは今と同じく読子の頬《ほお》を引っ張ったのだ。つまりは、これが彼女の必殺ワザらしい。

「んー……やっぱ、先生のほうが感触いい……」

しばらく吟味《ぎんみ》するように、頬をぐねぐねと伸ばす。

「ひゃめれっ！　ひゃめれくらはいっ！」

しかし伸ばされるほうはたまったものではない。ウェンディは涙目で、ねねねの手を外そうとする。

「ふふふのふ。ヤメてほしかったら、先生を連れてくるのよっ」

「ほんな状態ひゃ、なにもでひないぢゃないでふかっ！」

「む。それもそうね」

ねねねは案外素直に、ウェンディの頬を解放した。

「ひゃーっ、ひゃーっ……」

荒い息づかいにあわせて、頬が、じんじんと痛む。一時前《いっときまえ》に感じた同情心など、雲散霧消《うんさんむしょう》していた。

ヘイ・オン・ワイでは読子を叱咤《しった》したこともあるウェンディだが、この少女には到底勝てそうもない。腕力などよりも、気迫で圧倒されるのだ。

「よく考えてみたら、こっちから行ったほうがてっとり早いわ。さあ、先生はどこにいるの？　案内しなさい」

身勝手に話を進めるねねねに、ウェンディは痛む頬でどうにか告げる。

「……読子さんは、現在極秘《ごくひ》任務に取り組んでます。今会うことはできません」

「トップシークレットぉ？　なによ、それっ」

女王誘拐《ゆうかい》の件が、ねねねに伝わっているはずもない。ウェンディでさえ、ジョーカーの連絡役を務めていなければ知らないままだったろう。

「言えないんですぅ。お願いですから、ここでおとなしくしててくださぁい……」

ねねねの扱いは、実に厄介《やっかい》な区分に入っている。

作戦的にはまったくの無関係なのだが、一応は読子の知りあいなのだ。緊迫の度を高めるロンドン市内に放り出すのは、読子も反対した。

重要ではないが、誰かが相手をしなければならない。子供のおもりのようなものだ。

その任務を与えられたウェンディは、は、と自分の重要度に気づき、がっくりと肩を落とすのだった。

「外は危ないんですからぁ。ここにいれば、安全なんですしぃ」

他の迷惑にもなりませんし、という言葉は口に出さないでおく。

「危険が怖くてモノカキがつとまるかっ。あたしはそんなデンジャーゾーンにあえて飛び込み、あのメガネに助けてもらうために来てんだからっ」

どこまで本気かわからない言動である。

「だいたいそんな極秘《ごくひ》任務に行ってんなら、あたしというパートナーがいないと危ないじゃない。あのメガネ」

むふん、と胸をはるねねねだった。パートナーという単語に、ウェンディは理解不能の顔を作った。

「パートナー……って、あの、そもそもあなた、読子さんとどういう関係なのですか?」

会った時から不可解だったのだ。特殊工作部でもトップクラスのエージェントを、まるで子分扱いしている彼女が。二人の関係が。

「んー……まず、アイツが私の命の恩人、ってトコかな」

「……それは、感謝こそすれ、ほっぺた引っ張っていじめる理由にならないのでは……」

「いいのよっ。なんだかんだ言って喜んでんだからっ」

読子が聞いたら、どんな顔をするだろう。

「あと、アイツが私が書いた本のファン。これ重要」

それは納得できる。なんといっても、読子は比類《ひるい》無き愛書狂《ビブリオマニア》なのだ。

「それと、教師と生徒……ってのもあるんだけど、元、だしなー。結局授業も受けてないし。これはまあ、おいといてもいいか」

ねねねが読子を「先生」と呼ぶことは、これが原因である。しかし最近はただの「メガネ」扱いも多いのだが。

聞けば聞くほど、理解しづらい間柄《あいだがら》だ。

「まあゴチャゴチャしてっけど、要は腐れ縁《くされえん》よ、腐れ縁!」

それにしては、随分《ずいぶん》と積極的な腐れ縁だが。

「クサレ……ィェン？」

意味を理解しきれず、ウェンディが首をかしげる。

「だからぁ、説明しづらいけどー、あたしがついててやんないとダメなのよ、先生はっ。だらしないし、ぼーっとしてるし、三〇前だってのに、中身コドモなんだから」

読子が聞いたら「まだ二五です」と反論するだろう。そしてねねねに「四捨五入《ししゃごにゅう》したら三〇じゃん」と言われて黙りこむのだろう。

そんなやり取りが、不思議とウェンディにも想像できた。

「まあ、確かに……イメージと違って、ちょっとフマジメかなー、って時もありますけど」

英国到着時、ヒースロー空港からヘイ・オン・ワイに〝寄り道〟された経験を持つウェンディとしては、ついつい同意してしまう。

「でしょー？　だからあたしみたいな保護者が必要なの。わかる？」

「はぁ……」

「納得したら、先生んトコに案内しなさい」

「はぁ……って、それは話が別ですよっ」

さすがのウェンディも、この論理展開には従えないのだった。

「ちっ、ダマされないか。日本までメイド服着てくるボケっぷりだから、ケッコー通じるかと思ったのに」

「あれはっ、ジョーカーさんが悪いんですっ。私がボケてるんじゃありません！」

その意見が正しいかどうかはおいといて。

結局、ねねねの言葉からは読子との明白な関係が浮かんでこない。

おそらくは、自分でも理解しかねる部分があるのだろう。

だが、そんな間柄《あいだがら》が少なくともねねねは気に入っていたし、無理をして言葉に置き換えるつもりもないのだった。

ねねねは言葉を扱っている。だから、感情とそれを表す言葉の間に、埋めがたいギャップがあることもわかっているのだ。

「とにかく、おとなしくTVでも観ててください。対応が決まったら、また来ますから」

ウェンディは、立ち上がってトレイを持った。

「英語の放送しかやってないじゃん。せめて日本の本持ってきてよ！　あとデザート！　ジェラートがいいな、ジェラート！」

どうやら脱走、などという行動は起こさないらしいが、ウェンディとしてはワガママなお嬢《じょう》様《さま》に仕えているような気分だ。

メイド服は、まさに今着るべきではないだろうか。

宮殿での調査を終え、ジョーカーは特殊工作部に戻ってきた。

紙飛行機のメッセージは、口頭《こうとう》と画像データでジェントルメンに報告した。

ジェントルメンの返答はただ一言、

「戻れ」

というものだけだったが、その短い響きには、有無《うむ》を言わせない圧力があった。

いよいよ、自分の主人は腹を決めたに違いない。

読子はミルズ、エリオットと共にピカデリー・サーカスへと向かわせた。取引場所の下調べをするためだ。不必要になるかもしれないが。

既《すで》に午後二時を回っている。

ジョーカーは、頭がひどく重たくなっていることに気づいた。

満足な睡眠を取ったのはいつのことだろう。

ここ数週間、わずかな仮眠でしのいできたが、どうやら限界に達しているらしい。疲労よりもむしろ、精神的な圧迫のほうが影響している。

賊《ぞく》との取引まで四六時間はあるが、この先休息を取れるかは、はなはだ疑問である。

ジェントルメンから次の指令があるまで、私室のソファーに倒れ込もうか？

そんな誘惑に心をゆらしながら、廊下《ろうか》を進んでいた時である。

非常用のベルが鳴り、残っているスタッフからどよめきの声があがった。

「！」

全身に、悪寒《おかん》にも似た衝撃が走った。

まさか、昨日の今日で襲撃か⁉

読子どころか、職員も大英図書館に駆り出され、特殊工作部はまったくの手薄《てうす》な状況にある。急襲をかけられてはひとたまりもないのだ。足下が崩《くず》れるような感覚は、決して睡眠不足のせいではなかった。

懐《ふところ》の銃を握りながら、大フロアーへと急ぐ。

「なにごとですか⁉」

居合わせたスタッフが、驚きつつも答えた。

「ジェントルメンが……お見えです……」

彼の手が差す正面入口には、まさに車椅子《くるまいす》のジェントルメンと、取り囲む護衛《ごえい》たちの姿があった。

「…………………」

ジェントルメンは覆《おお》われていない左目で、ぎろぎろと特殊工作部内を見回した。連蓮の紙人形に破壊された痕跡《こんせき》は、まだ至るところに残っている。

ジョーカーが自分を取り戻すためには、二秒の時間が必要だった。

「……これはジェントルメン。突然のご来訪、恐縮いたしました。如何《いかん》せん、後始末も行き届かず、お恥ずかしい限りです……」

どうにか平時《へいじ》の声が出せた。眠気などはふき飛んでいる。

急襲といえば、敵に劣らないほどの急襲である。

ジェントルメンが特殊工作部を訪れる際には、まず一報があるのが通例だった。

最高権力者の出迎えには、物理的にも心理的にも準備が必要なのだ。

「……ヨミコは？」

ジェントルメンは、ジョーカーの心中もまるで意に介《かい》さず、問いを投げかけてきた。

「ピカデリー・サーカスへ、下調べに向かわせましたが……？」

「呼び戻せ。そして、グーテンベルク・ペーパーの警護にあたらせろ」

「はっ。しかし……」

「しかし、は必要ない」

絶対的な声のトーンだった。

ジョーカーは、ただちに通信の端末《たんまつ》を開き、読子に帰投《きとう》を命じる。

その間にも、ジェントルメンは悠然《ゆうぜん》と特殊工作部内を進んでいく。もちろん、護衛《ごえい》の男たちもその周囲に並ぶ。

ジョーカーは用件のみで通信を切り上げ、慌《あわ》ててその後を追った。

「ジェントルメン、ご来訪の意をお伺《うかが》いしたく思いますが」

聞かなくても大概《たいがい》の見当はついている。が、彼自身の口から発せられることが重要なのだ。

それが非情な決断であるほど。

「グーテンベルク・ペーパーの場所まで案内しろ」

「は。……で、どのように？」

歩《ほ》を進めながら、ジョーカーはできるだけうやうやしく訊《たず》ねる。

「グーテンベルク・ペーパーは他へ移す。分析《ぶんせき》は他で行う。この場所は、危険だ」

その声には、なんの感情もこもっていなかった。


研究室の扉が勢いよく開けられ、思わずジギーとファウストはふり返った。

「なんじゃっ⁉」

多重構造の扉は、勢いをつけて開閉するだけで、室内の気圧を変化させる。

しかし目下《もっか》二人が驚いたのは、純粋に分析に熱中していた不意をつかれたためだろう。

その扉に、二人はさらなる驚きを発見した。

「ジェントルメン……」

口を開いたのはファウストのほうだった。

ジェントルメンは、汚《けが》らわしいものでも見るような目で、ファウストを見る。

老人と少年。絶大なる権力者と叡智《えいち》の囚人《しゅうじん》。そして共に、不可解な生を生き続けている者。

二人の男の間に、他者には理解できない火花が散る。

「……グーテンベルク・ペーパーに関する作業を中断してください」

ジェントルメンに従う護衛《ごえい》の男たち、その陰からジョーカーが姿を現す。

「どういうことかな？」

ジギーは、なるべくジェントルメンを視界に入れまいと聞き返す。任務における直属の上司はジョーカーだし、そのほうが断然に楽だ。

「ジェントルメンのご命令です。グーテンベルク・ペーパーは、敵の襲撃を回避《かいひ》するため、他の場所へと移します」

「しかしそれでは、フェイクが作れんぞ」

特殊工作部の設備なくしては、高品質のフェイク製造は不可能だ。フェイクが無ければ、取引には本物を渡すしかない。そして、ジェントルメンが本物を渡すとは思えない……。

ジギーの中で展開していた考えは、その場にいるすべての人間が思っていたことだった。そしてジェントルメンは、それを裏付けるように口を開いた。

「フェイクを作る必要はない。女王は、見捨てる」

「!?」

言葉が重く床に落ちる。男たちはわずかに汗をかいた。

英国の歴史が変わるのだ！

ジギーの視線から、ジョーカーは顔を逸《そ》らした。

「取引場所に現れた賊《ぞく》を捕らえ、仲間の居所を吐かせる。女王の無事は二の次だ」

その結果、女王が生きていようと死体だろうと。

そう言っているように聞こえた。

「断る」

垂れこめた空気を、短い拒否の言葉が払った。

それを口にしたのは、ファウストだった。

「⁉」

ジェントルメンに真っ向から反対した者はいない。少なくとも見たことが無い。

全員の視線が、小柄《こがら》な身体《からだ》に集中する。

「なんと言った、ファウスト？」

皺《しわ》にまみれた口を開き、ジェントルメンが訊《き》く。

「耳まで遠くなったか、ジェントルメン。断ると言ったんだ」

白く、薄い唇が開閉した。

対照的な二人は、言葉の上でも対立した。

「醜《みにく》く歪《ゆが》んだのは外見だけじゃないみたいだな。いくらボケても、自分がなにを言っているかはわかってるだろう？　おまえは女王の埋葬《まいそう》証明書に、サインをしようとしてるんだ！　歪んだ面《つら》の皮の下に隠した、歪んだ欲望のために！」

驚愕《きょうがく》だった。これほど激しいファウストは見たことが無い。ジギーは目を丸くして彼を見つめたが、その視線は前へ前へと動いていく。

ファウストは言い募《つの》りながら、ジェントルメンにつめ寄っているのだ！

「…………………」

ジェントルメンは、人差し指をわずかに動かしただけだった。

しかしそれに、護衛《ごえい》の男たちが反応した。

懐《ふところ》から取り出された銃は、速《すみ》やかにファウストに向けられた。

「…………………ふん」

立ち止まったファウストを、二ケタ近い数の銃口が取り囲む。側面へ、背後へ回り込みながら。いかなる不審な動きもできないように。

ジョーカーが生唾《なまつば》を飲み込んだ。

今この瞬間を撮影したらどうなるのか。

車椅子《くるまいす》の老人の前で、年端《としは》もいかない少年が屈強《くつきよう》な男たちに銃を突きつけられているのだ。

ばかばかしいアメリカのホラー映画でも、こんな場面は見たことがない。

それは、特殊工作部が置かれた異様な状況を現しているようだった。

外しようのない標的《ひようてき》となったファウストは、だが平然と立っている。震えも、怯《ひる》みも、微塵《みじん》も見せない。

「撃てるか？　撃ってみろよ。グーテンベルク・ペーパーを解読できるのは、僕だけだ」

ゆっくりと腕をあげ、背後のモニターを指さす。

そこには、拡大された紙面の文字が並んでいる。

「あの言葉は、永遠に葬《ほうむ》られるぞ。おまえの手も届かない、深淵《しんえん》の闇にな！」

ごり、と小さな音が立った。

ジェントルメンが、指先で車椅子をひっかいた音だった。

この老《お》いたる権力者は、明らかに激怒している。

永遠にも等しい沈黙が過ぎ去り、銃を持った男たちのほうが神経をすり減らす。うちの一人、いや全員が悲鳴をあげそうになった時。

「………………部屋を出よ」

ジェントルメンがつぶやいた。

「は？」

「この者と、二人で話をしたい」

ジェントルメンの視線が、正面からファウストに向けられている。車椅子と少年の目線は、奇《く》しくも対等だった。

「は、……しかし……」

「案ずるな」

護衛《ごえい》の男の言葉を、途中でうち切る。側近《そっきん》以外には知られていないが、ジェントルメンの車《くるま》椅子《いす》には一〇〇に届くほどのギミックが仕込んである。

万が一ファウストが乱暴な振るまいに出ても、ジェントルメンは指先一つで彼を撃つことが可能なのだ。

男たちは銃を収めた。任務には忠実でありたいと思うが、この場から離れられることに安堵《あんど》しているのもまた事実である。

「………外にて、待機《たいき》しておりますので」

ジョーカーがジェントルメンに耳打ちし、ジギー、そして彼のスタッフを促す。

多重構造の扉が閉じられ、室内はファウストとジェントルメンの二人だけとなった。

気圧を保つべく設計された部屋からは、会話が漏《も》れることはない。ここで交わされるのは、他者を意識することのない二人の肉声だ。

「……そこまでして、女王を救おうとするか?」

最初に口を開いたのはジェントルメンだ。

「あさましいな。昔の女は、忘れられんか?」

「いい女だったからな。五〇年経っても、頭に残ってる」

驚くべき言葉が、二人の間で交わされている。英国王室の、真に隠されたスキャンダルとでもいうべき言葉が。

「……わしにはわかっていた。今でもわかっておる。おまえがあれに近づいたのは、思惑《おもわく》あってのことだろう?」

五〇年前にファウストと出会ったとすれば、当時の女王は二〇代の半《なか》ばである。少年の姿であるファウストと並んだ姿は、到底常識的な関係に思えない。彼の正体を知っていれば、なおさらだ。

「あれも奇矯《ききょう》を好《この》む女だ。おまえのような怪物に、本心から惹《ひ》かれたわけがない。おまえはあれをそそのかし、この蔵《くら》から出ようと算段《さんだん》したのだろう? わしが気づかないとでも思ったのか?」

「おまえこそ、永《なが》すぎる人生で恋がどういうものかも忘れたのか? 思い出してみろよ、最後に口づけをしたのは何世紀前だ?」

破廉恥《はれんち》な挑発に、ジェントルメンが思わず黙る。

「英国王室の名誉《めいよ》にかけて、僕は彼女に触れてもいない。ただ檻《おり》の内と外で、会話をしただけだ。しかしそれでもな、十二分に理解しあったよ」

「世迷《よま》い言《ごと》だ」

「そう思うなら思うがいいさ。だがな、僕はまだ人間の生を生きてる者として、彼女を見殺しにはできない」

ジェントルメンが、大きく息をつく。

「……あれも年老《としお》いている。いずれ死ぬ。今見捨てて、なにが悪い？　王室は続くのだ。民草《たみぐさ》とて、すぐに忘れ去る」

「権力者としては、それで納得できるだろうさ。だが、親としてはどうなんだ？」

ファウストの一言に、ジェントルメンが顔を上げる。久しく誰も見ていない、狼狽《ろうばい》の色が浮かんでいた。

「……なにを、言っておる……？」

ファウストは、冷徹《れいてつ》な瞳で彼を見返した。

「……あんたは本当に呆《ぼ》けているんだよ、ジェントルメン。あの多大な遺物の中で、莫大《ばくだい》な時間の中で、僕が気づかないと思ったのか？　英国王室は、あんたの直系の子孫だ。知っているのはたった三人、僕と、あんたと、あんたの元妻だ」

「……狂っておる……」

「僕がか？　あんたがか？」

ファウストの追及は容赦《ようしゃ》がない。

対峙《たいじ》する二人を、モニターのグーテンベルク・ペーパーが見守っている。

「あんたは不老不死《ふろうふし》、と言われている。だがそれは真実じゃない。その外見がなによりの証拠だ。あんたは他人の何千倍もゆっくりと、死んでいってるんだ。自分でそれを止められずに」

ジェントルメンは黙って、ファウストの言うことを聞いている。それは無言の肯定にも取る

ことができる。

「それでもあんたは、生にしがみつこうとしている。この世の誰よりなりふり構《かま》わず。今となっては記憶の谷間に埋《う》もれちまった方法を、なんとか思い出そうと必死なんだ。それが、あの紙に記されてるんだろう?」

ファウストはもう一度、モニターを指さした。

「これは僕の推理だ。だが、九九・九パーセントは事実だろう。僕にはあんたの考えてることがわかる。なぜなら僕は、ヨーロッパでは最もあんたに近い人間だからだ」

「外道者《げどうもの》めが……よくもそのようなたわ言を、べらべらと……」

ジェントルメンはあくまでファウストの言葉を否定しようとする。が、全身から漂う空気は既《すで》に敗残者《はいざんしゃ》のそれとなっている。

「ジェントルメン、特殊工作部のスタッフは君が思う以上に優秀だ。フェイクは絶対に、紙使いの目を欺《あざむ》くことができる。女王も、グーテンベルク・ペーパーも失わずにすむんだ」

「………………」

説得の言葉は、ボディブローのようにジェントルメンを打っていく。その心にじわじわと染《し》みこみながら。

「僕らを信じろ。今日まで、君に仕えてきた連中を信じてみろ。ここで怯《おび》えて動くことはない。数日後には、君はすべてを手に入れている」

ジェントルメンが、それでもまだ探るような視線をファウストに向ける。

「……それでもまだ、グーテンベルク・ペーパーを引き上げるというのなら。僕は絶対に解読なんかしない。どんな仕打ちを受けようとな」

最後の一言で、ジェントルメンは落ちた。

「………………ドアを、開けろ」

ファウストは勝利の笑みを浮かべ、扉を開いた。

緊張の面《おも》もちで、ジョーカーを始めとするスタッフが入室してくる。

ジェントルメンはか細い声で、指令を出した。

「……解析《かいせき》と、フェイクの製造を続行しろ……」

「……了解しました」

驚きを隠すのがやっとだった。

部屋の中でなにがあったかはわからないが、ファウストはジェントルメンの意志を変えさせたのだ。かつて一度も、記憶に無いことだった。

「だがな……」

ジェントルメンは言葉を区切って、ジョーカーを睨《にら》む。

「女王も、グーテンベルク・ペーパーも、敵には渡すなよ。決してだ」

「……御心《みこころ》のままに」

そう答えるしかないジョーカーだ。

ジェントルメンが部屋から出ていくのをうやうやしく見送って、ファウストへと視線を向ける。

ファウストは、どんな質問も拒否するように、モニターを睨《にら》んでいた。

グーテンベルクの遺《のこ》した、謎《なぞ》の文章を。


「急に帰って来いって、なんなんでしょう？　ジョーカーさん」

ジョーカーからの通信を受け、ピカデリー・サーカスから特殊工作部へ向かうことになった読子である。

「さぁな。あいつの考えてることはわからん」

車の後部座席、読子の隣に並んで座っているのは、ジーンズジャケットに鍛《きた》えた身体《からだ》を包んだドレイク・アンダーソンだ。

傭兵《ようへい》の彼は、朝のうちに特殊工作部と新契約をすませ、ピカデリー・サーカスで読子と合流した。取引場所の位置関係を把握《はあく》しておくためである。

だが、着いたと同時にジョーカーから帰投《きとう》の指令が届いた。とんだ手間である。

そんな二人を「大英博物館まで送ろう」と言いだしたのは、ＭＩ６のエリオットだった。

彼直々《じきじき》に運転席に乗り込んだのを見て、ドレイクは少々気後《きおく》れしたが、読子は一向に恐縮する様子もない。

まあ、ピカデリーから大英博物館まではせいぜい一キロ、ほんの数分もすれば着くと思ったのが間違いのもとだった。

大英博物館周辺の道は、交通規制を受けていたのだ。たちまち周囲は渋滞《じゅうたい》となり、車はぴくりとも動かなくなった。

「……どうも、まいったものだ」

あまり困ったように聞こえない口調で、エリオットがつぶやく。ＭＩ６の車が渋滞に巻き込まれるとは、あまり格好のいい話ではない。

「こんな時、ボンド・カーなら飛ぶなり地に潜《もぐ》るなりして進めるんだが、あいにくとカーナビ、エアコンと普通の装備しか無くてね」

「いいえ、お構《かま》いなく……」

読子がにへら、と笑った。

ドレイクとしては正直、歩いて帰ったほうが早いと思っていたのだが、封鎖《ふうさ》されてる道を曲がっている間に、すっかり方向感覚が乱れてしまった。

目印となる本屋でも無い限り、読子も当てにはできないだろう。

そこで当面、ドレイクは無神経を装《よそお》って事態を成り行きにまかせることにした。

「……………確か、君の名字《みょうじ》はリードマン、だったね」

「は？　あ、はい。読子・リードマンです」

「……失礼だが、お父上の名前はルイス・リードマンかな？」

「！　そうです！　父をご存知ですかっ!?」

話の流れに、ドレイクのほうが意外そうな顔をする。

そういえば、読子の父親はＭＩ６に勤務していたのだった。

「新人時代に、よく指導をいただいたよ」

バックミラーの中で、エリオットが笑う。

退屈な帰り道で、思わぬ話題の花が咲いたようだった。

「ルイス・リードマンは、ＭＩ６の中でも風変わりな人だった。どこへ潜入するのにも、本を手放したことがなかった。しかも、好《この》んで持参《じさん》していたのがスパイ小説だった」

「はぁ……」

読子がてれてれと頭をかく。

この娘にしてその親ありだな、とドレイクは思った。

「私はなにかの冗談だと思っていたよ。だが、ある任務でのことだ。私は彼とチームを組んだ。シベリアの奥で、軍事基地の偵察《ていさつ》に出向いた」

過去を語る者特有の、ぼやけた眼差《まなざ》しになる。

「しかし、私は新人だった。ゆえに、敵に発見されるというミスを犯した。なんとか逃げ出したものの、私とルイスはヘリの回収時間に遅れ、凍土《とうど》の地に取り残された」

「シベリアの、ですか?」

考えるだけで身の凍る話だ。

「ああ。洞穴《ほらあな》を見つけて隠れたが、凍死するのは時間の問題だった。その時さ。ルイスが持参していた小説を燃やして、私たちは暖《だん》を取ることができたんだ」

「なんと、まぁ……」

「ルイスは次から次へと、実に三〇冊以上の本を隠し持っていた。よくあれで、任務遂行《すいこう》に支障をきたさなかったものだ」

まったく同感だ。そんな大量の本、ウェイトを着けて動きまわるのと同じだろう。

「私は驚きながらも言ったよ。ルイス、あなたが本無しで活動すれば、ダブルオーナンバーにだってなれますよ!」

ダブルオーナンバーとは言うまでもなく、殺人許可証を持つとされるエージェントのことである。

「ルイスは本を燃やしながら、仏頂面《ぶっちょうづら》で答えたよ。〝殺人許可証なんてもの、読んでもオモシロくないに決まってる〟。私たちはどうにか生き延び、救助されたが……この指が凍傷《とうしょう》を免《まぬが》れたのは、ルイスのおかげだよ」

いい話だ。そして、どことなく妙な話だ。

「父が、そんなことを……」

感銘《かんめい》するところがあったのだろうか、読子がしみじみと答える。

「差し支《つか》えなければ、でいいんだが。ルイスは、家庭ではどんな父親だったのかな？」

「そうですね……あまり、戻ることは無かったんですが。年に一度ぐらい、母と私のところ……日本に来る時は、山のように本を抱えてました」

読子の生家《せいか》は埼玉にある、と聞いたことがある。神保町のビルとはまた別の、本だらけの家だという。

「母が伏しがちで、私も外に出ない子でしたから。それがオミヤゲだったんですね。私、しばらく父のことを父と思ってませんでしたから。本をくれるオジさん、みたいな感じで。だって、夫婦ってもうちょっと、一緒にいるもんでしょうしねぇ」

そんな話は、ドレイクも以前に聞いたことがある。家庭としてはかなり風変わりな部類に入るだろう。

「だけど、ある日……おひさまの射《さ》す、静かな日でした。母が伏せっている脇で、父が本を読んでたんですね。声を出して。母に聞かせていたんです」

読子の瞳が、メガネの下でぼやける。その時の光景を、思い出しているのだろう。

「母は、目を閉じてそれを聞いてました。その時、私まだ一〇歳ぐらいだったんですけど、あ、ジャマしちゃいけないなって思ったんです」

エリオットも、ドレイクも、無言で読子の話を聞いていた。

窓の外の喧噪《けんそう》も、一時《いっとき》忘れるほど穏《おだ》やかな気分になっていた。

「父がいて、母がいて、本がある。これが私のうちなんだなって、自然に思ったんです。他とは違うのかもしれないけど、うちはこうなんだって……結局、父も母も亡くしちゃいましたけど。二人の遺《のこ》した本は……やっぱり、家族みたいなもんなんですね」

北海の上で、ドレイクはやはり似たような言葉を読子から聞いている。

今ほどに細かいエピソードでは無かったが、底に流れる心情は同じだった。

読子は本に対する異常な執着で、誤解されることも多いが、人間として根元的な部分は理解できる。

それはやはり、父親や母親から受け継いだものだろう。本が好き、という性癖《せいへき》に加えて、人の持つ、きわめてシンプルな性質。

本を燃やし、仲間を助けた父親のような。

だからドレイクは、振り回され、危険な目に巻き込まれても、最終的には読子に協力してしまうのかもしれない。

車内に落ちた沈黙に、読子はあわあわと口を開閉した。

「あ、あの、私の話、退屈でしたか？　すみません、なんか、ただの思い出話で……」

「そんなことはない。興味深い話だったよ」

「ああ。今までおまえから聞いた中で、一番いい話だ」

エリオットのフォローを、ドレイクが受け継ぐ。

「……そうですか？　あは、あは……」

読子は照れ隠しなのか、頭をわしゃわしゃとかいた。

手入れしていない髪が、ドレイクのほうにまで揺れてくる。

「……いい話だったが、その洗ってない頭で台無しだな」

「！　だってぇ！　昨日から大騒ぎだったじゃないですかっ！　今日、特殊工作部についたら洗いますってば！」

「服も着替えろよ。なんだか匂《にお》うぞ」

「うそ。うそですよっ！」

読子はコートの袖《そで》をくんくんと嗅《か》ぎ、反論した。

エリオットは、後部座席の二人を笑いながら見つめていた。


疲労が、思考速度を加速させている。

ジョーカーは、睡眠不足と興奮が程良く入り混じった、〃ハイ〃な状態にあった。

しかしそれは肉体的な話で、感情的にはきわめて不愉快《ふゆかい》、というほうが正しい。

ようやくたどりついた特殊工作部の私室だが、ソファーには近寄らず、愛用の椅子《いす》に身を沈める。

今、グーテンベルク・ペーパーに関する全権を取り仕切っているのは自分のはずだ。ジェントルメンという絶対者はいるが、特殊工作部の責任者は自分である。だからこれほど、身を削《けず》って動いているのだ。

だが、ファウストときたら。

昨日まで囚人《しゅうじん》だったあの男が、ジェントルメンの意志を曲げた。

しかもあの態度を見る限り、ジェントルメンを屈服《くっぷく》させたのだ。

この事実は、いずれ特殊工作部じゅうに広まるだろう。ジギーの部下あたりから、漏《も》れていくに違いない。

「…………………」

ジョーカーの中で、ファウストの存在が大きくなっていく。非常に厄介《やっかい》な相手として。

昨日、紙使いたちの撃退を申し出た時から、不協和音《ふきょうわおん》はあった。

どのみち囚人だ。グーテンベルク・ペーパーの解読がすめば、元のように幽閉《ゆうへい》されるか、それなりの処分を受けるだろう。表舞台に立つことはまず、ない。

だが、彼の及ぼす影響力はどうだろう？

たとえば今日のケースで話すなら、ジギーの、ジョーカーに対する評価は確実に変わったはずだ。彼だけではない、開発部全体にいえるだろう。

ジョーカーは今の立場で終わる気はない。

大英図書館の最高責任者を経て、英国の権勢図に食らい込んでいく野望は常にある。

そのために、あらゆる努力をしているのだ。

努力をしてきたのだ。

「……………………」

ジョーカーは、机の引き出しを開けた。二重底のさらに奥にある、極秘《ごくひ》のポケットに鍵《かぎ》を差し込む。

イヤホンを手で探り当て、引っ張り出す。

幾《いく》つかある受信機の中から『開発部研究室』のものを探り当てる。

「……………………」

液晶の画面が、録音された時間を表示している。しかけた盗聴器《とうちょうき》が、研究室の会話を記録したのだ。

ジョーカーは唾《つば》を飲んだ。

この盗聴器は、先日彼自身が設置したものだ。グーテンベルク・ペーパーが運びこまれる前に検査を行い、自分でサインをして、その後に。

グーテンベルク・ペーパーに関する情報を、誰よりも早く、詳しく入手するために。

もちろん、発覚すれば首が飛ぶ。

比喩《ひゆ》ではなしに、現実に飛ぶ。

もとより長期間しかけているつもりはない。数日記録し、成果が無ければ回収するつもりだった。

だが、今この受信機には、ジェントルメンとファウストの会話が記録されているはずだ。

その内容が、どういうものかはわからない。

しかしジェントルメンの変化を見ると、彼に関する秘密だとは想像がつく。ファウストの知る、ジェントルメンの秘密。

意図《いと》と異なり、釣り上げられた大物にジョーカーは悩んでいる。

この秘密を、どうすればいい？

知るのか？　知ってしまうのか？

ジェントルメンの秘密を握るのか？

魅惑的な選択肢《し》だ。だが、それを利用できるのか？　有利になるどころか、使い方を誤れば命取りになりかねない。貧民層から血の滲《にじ》む思いで這《は》い上がってきた今の地位が瓦解《がかい》するのだ。

知らないままに消すか？

そう決断するには、秘密の匂《にお》いは香《かぐわ》しすぎる。そしてこの、明日さえ見えない状況の変化。

この一連の事件が終わった時、自分がこの椅子《いす》に座っているかすらもわからない。

ジョーカーは悩み続けている。

「……………………」

その指が、再生のスイッチに触れた時である。

入口から、がたんと音が聞こえた。

「!?」

心臓が口から飛び出るところだった。表情を作る間もなく、驚愕《きょうがく》のままでドアのほうを見てしまった。

「失礼……しま、す……?」

ウェンディ・イアハートが立っていた。

「……ノックが欲しいですね、ウェンディ」

怒鳴りつけたいのを、なんとか抑制《よくせい》した。君《くん》、をつけ忘れたことに気づいたが、今からつけ加えるのはかえって不自然だ。

「すみません……」

自分で思ったほど平静を保てなかったのかもしれない。ウェンディが、やや怯《ひる》んだような表情になっている。

彼女は、中を区切られた段ボール箱を持っていた。それぞれに、書類や封筒が入っている。システムが完全に復旧《ふっきゅう》していないため、各セクションの連絡はもっぱら書面のメッセージとなっているのだ。

「ジョーカーさん宛《あ》てのメールを、お持ちしたんですが……」

そして彼女のような見習いが、それを運んでいる。

「……ありがとう。そこに置いといてもらえますか？　……睡眠不足で疲れているもので」

「はい」

ウェンディの表情が、いつも通りに戻った。とってつけたようなフォローだが、彼女には効果があったようだ。

「お茶でも、お持ちしますか？」

「ああ……」

生返事《なま》をしかけた時、ジョーカーの胃が固まった。

机の上に、イヤホンが出しっぱなしになっていた。

「……いや、結構です」

ウェンディの角度からは、引き出しは見えない。が、イヤホンは隠しようがなかった。

「システムの全復旧は、二日後になりそうです。開発部とかを優先させてますから」

「そうですか」

ここのところの激務《げきむ》で、室内も机の上も散らかっている。イヤホンも、その中に埋没《まいぼっ》しているように思える。思うことができる、というべきか。

「……あの、菫川ねねねさん、読子さんのお知り合いの。彼女については、いかがなさいますか？」

ウェンディの視線が、机の上に落ちた。イヤホンに気づいたかどうかは、わからない。

「そうですね……読子は？」

ジョーカーは、つとめてウェンディを見ながら答える。

「まだ、お戻りになっていませんが」

「彼女と相談して決めましょう。今はなにしろ、疲れているもので」

適当な返事をして、話題をうち切る。声に動揺《どうよう》が出ない間に。

「わかりました」

ウェンディが、机の上にメールの束を置いた。イヤホンから三〇センチと離れていない。

「ご苦労さまです、ウェンディ君」

「いえ……あの、おやすみに、なりかけてました？」

「いえ？　なぜですか？」

「お声をかけた時、驚いたように見えたので……すみません」

ウェンディが頭を下げる。

「……ああ、少し、うとうとしていたかもしれませんね。どうやら、私も若くない」

「いえっ！　そんなことはっ！」

軽い冗談で、いつもの調子を取り戻す。ウェンディにも、取り戻させる。今の出来事が、いつもと変わりない、すぐに忘れ去る、日常の一コマであるように。

「では、失礼します」

「ええ」

ウェンディは、もたもたとドアを開けて部屋を出ていった。

しばらくの間をおいて、ジョーカーが大きく息を吐く。

気づいては、いないと思うが。

イヤホンからすぐに盗聴《とうちょう》など、連想するものではない。ましてや相手はウェンディだ。

「……………………」

だが、わずかに、引っかかる。

首相の放送で、大英図書館と大英博物館の言い間違いが、ひどく気になったように。

ジョーカーは、とにかくイヤホンを引き出しにしまった。

盗聴の記録も、今は聞く気力が無い。ウェンディとの一件で、予想以上に体力を消費したようだ。

まあ、いい。少し寝て、その後で悩もう。

ジョーカーは、すぐに帰投《きとう》してくるだろう読子に宛《あ》てたメモを記し、ドアに貼った。

そしてずいぶん前の欲望どおり、ソファーに倒れこんだ。

「戻れといったり、待ってろといったり、ずいぶん混乱してるな」

私室のドアから、ジョーカーのメモを引っ剝《ぱ》がしたのはドレイクだ。

『命令あるまで待機《たいき》。特殊工作部内にいること』

エリオットに送ってもらい、特殊工作部に帰投《きとう》した読子とドレイクだが、まだジェントルメンとファウストの間にあったことは知らない。もちろん、ジョーカーの逡巡《しゅんじゅん》も。

「なにか、あったんでしょうか？」

中を窺《うかが》おうとする読子に、ウェンディが声をかけた。

「ジョーカーさん、少し休むって言ってましたよ」

手には、まだ箱を抱えている。まさに特殊工作部内を走り回っている最中なのだ。

「呼び戻しといて、なんだ」

「働きづめですから。いいじゃないですか」

二人が戻ってくる間に、事態が急転したことなど知る由《よし》もないのだ。

「……なら、道具の整備でもしてるか。おい、部屋借りるぞ」

ドレイクの言葉に、ウェンディが頷く。

「地下4フロアーより上なら、ご自由に。そこより下は関係者以外立入禁止です。あ、読子さん。時間があいたなら、ねねねさんのトコに行ってあげてくれませんか？　会いたがってましたから……」

「はい。私も先生に会いたいなーって、思ってましたから」

ウェンディが、つくづく不思議そうな顔になった。

「あの……読子さん。ちょっとヘンなこと聞いていいですか？」

「なんでしょう？」

「読子さんとねねねさんって、どういう関係なんですか？」

「はぁ？」

唐突な問いに読子は腕を組み、大きく首を傾けた。

「関係ですかぁ……うーん……」

眉《まゆ》が寄り、唇が尖《とが》っていく。考え込んでいるのだ。

「まあ、私が先生のファンで、ちょっとだけ私が先生の先生だったんですけど……」

ドレイクが意味を咀嚼《そしやく》できず、ん？　と疑問の表情を作った。

「あと、二人で事件に巻き込まれたり……なんですかねぇ……んー！」

声を大きくして考え込む読子に、慌《あわ》ててウェンディが手を振った。

「あ、いいんですいいんです！　そんなに深く悩まなくても！　ちょっと聞いてみただけですからっ！」

「まあ……一言で言えば、〝赤い糸で結ばれた、運命の腐《くさ》れ縁《えん》〟みたいなもんでしょうか」

「ぜんぜん一言じゃないぞ」

ドレイクが冷たく突っ込んだが、ウェンディは、その言葉が二人の関係をよく表しているように感じた。

「でも、先生はどうなるんですか？　私としては、早く無事、日本にお戻りいただきたいんですが……」

「空港閉鎖《へいさ》が解《と》けないからな。しばらくは無理だろ」

つまりどれだけ本人が騒ごうと、ウェンディが被害にあおうと、当面ねねねはあの一室で過ごさなければならないのだ。

「ねねねさん、ずいぶんストレスが溜《た》まってますよ。爆発しなけりゃいいけど」

「ちゃんと散歩させろよ。首に縄《なわ》つけて」

犬のような言い方をするドレイクだ。ねねねが聞いたら文字通り嚙《か》みつくだろう。

「そうですね。散歩はともかく、保護者として面倒見てあげなくちゃ」

ねねねが同様に〝保護者〟という言葉を使っていたことを考えると、ウェンディはちょっと可笑《おか》しい。

「じゃっ、行ってきます」

「はーい。お気をつけてー」

「お喋《しゃべ》りばっかせずに、ちゃんと休息も取っとけよ！」

読子とドレイク、そしてウェンディは廊下《ろうか》をそれぞれの方向に進んでいった。

「うぉーっ！　メガネーっ！」

ドアを開けるなり、浴びせられた言葉がそれだった。

「せ、先生……？」

思わず入口でたじろぐ読子である。

ねねねはベッドの上で仁王立《におうだ》ちになり、腕を大きく広げていた。

「ていっ！」

勢いよくベッドから飛び降り、読子に向かって突進してくる。

「えっ!?　ええっ!?」

「ちぇすとーっ！」

止める間もなく、ねねねのタックルをくらう。

「うわらば！」

閉めたドアに思いきり押しつけられる読子である。思わず変な悲鳴をあげてしまった。

「あーんた、ナニひとをほったらかしてロンドン見物なんかしてんのよっ！　あたしも連れてかんかいホラホラホラホラーっ！」

そのままマウントポジションをきめられ、胸をぐにぐにとこねまわされる。

「ひぁっ！　……せ、センセっ！　そっちは違うですっ！」

「いっつも頬《ほお》だと飽《あ》きるからー。うわ、なにこのデカさ。ネコに小判《こばん》。ブタに真珠《しんじゅ》。巨乳の持ち腐《ぐさ》れ」

「ひゃふっ……ほっ、ほっといてくだっ……もうっ！」

顔を真っ赤にし、ぜはぜはと息をつきながら、どうにかねねねを押しのける。

「あームカつく。あたしの倍ぐらいありそーじゃん」

感触の残る手のひらをしげしげと見ながら、部屋に戻っていくねねねだ。

「……先生、ヘンですぅ。ストレス溜《た》まってるって聞いたけど、溜まってるのは欲求じゃないんですか？」

「欲求！　溜まってるわよそりゃあ！　創作意欲と知識欲が！」

ベッドに片足を乗せ、ポーズをつけて振り向く。

「外ではナニやら大騒ぎになりかけてんのに！　あたしはどうしてこんな暗くて狭くてジメジメしたトコに閉じこめられてんの⁉　まさに悲劇、囚《とら》われのプリンセス！」

「そんな騒がしいプリンセス、いません」

「しゃらっぷ！　さあ先生、魅惑と困惑のあふれる大英帝国を、レッツ、エスコート！」

つまりは外に出せ、ということなのだろう。

ねねねの気持ちはわかる。しかし読子としては、それを許すわけにはいかない。

「ダメなんですってばぁ。おとなしく、しててくださいよぉ……」

読子は、話せる範囲での事情をねねねに話した。

昨日のような紙使いが、まだ残っていること。大英図書館の〝あるモノ〟を狙っていること。

「〝グーテンベルク・ペーパー〟ってヤツ？」

「⁉　先生、なんで知ってるんですか⁉」

「あの女と、男の子の会話で聞いた」

連蓮に人質《ひとじち》とされたねねねは、彼女がファウストと交わした会話を聞いていたのだ。内容は理解できなかったが、〝グーテンベルク・ペーパー〟というそれぞれに聞き覚えのある単語は耳に残った。

「……それを、奪おうとしてるんです。力ずくで。だから外は危ないんです」

「むー……。つまり、今度の敵はそいつらになるわけ？」

読子はベッドに腰掛け、ねねねは椅子《いす》の背もたれに顔を乗せ、後ろ座りになっている。キコキコと、椅子の脚が鳴った。

「敵というか……あんまり、戦いたくはないんですけど」

「なんで？」

「………………………」

白竜にとどめをさしたのは、ジョーカーだ。読子は、投降《とうこう》を呼びかけた。もし、ジョーカーが彼を撃たなかったら。自分はどうすればよかったのだろう。話し合いで解決できるなら、それにこしたことはない。

ましてや、同じ紙使い……。バッキンガム宮殿で触れた紙飛行機からも、嫌悪《けんお》するような空気は無かった。むしろ懐《なつ》かしいような、包み込むような感覚を覚えたものだ。

「……話せば、わかってくれると思うんです。……心の底まで悪い人とは思えないんです。だって、同じ紙使いだし。……紙が慕《した》う、人なんですから……」

ねねねは、読子の言うことを聞いていた。顔からはいつしか、柔らかさが消えている。

「……じゃあ先生は、そいつらと会ったら、どうするの？」

「どうって……なんとか、説得して。ある程度は、争うことになると思いますけど……降参するように……」

いつしか顔が、俯《うつむ》きがちになってしまう。

「降参しなかったら？」

「……降参してくださいって、お願いして……とにかく、……ころし、たりするのは……」

「あたしなら、殺すかも」

「!?」

ねねねの言葉は、読子に強烈にぶつかってきた。

上げた顔を、ねねねがじっと見つめている。真っ正面から、激しい視線で。

「先生……?」

「あたし、大英図書館にいたんだ。先生探して、職員のお姉さんに案内してもらってた。そこに、あの女が来たのよ」

連蓮が大英図書館を襲撃した時、ねねねは近距離にいた。司書《ししょ》のマリエッタが彼女の前に立っていなければ、ねねねも被害者となっていたはずだ。

「お姉さん、腹に紙が刺さってたわ。あの女が、やったのよ。いきなり。……悪い人じゃないなんて、あたしには思えない」

ねねねは読子から視線を外さない。

こんな時、彼女は読子よりもずっと大人の貌《かお》を見せる。

「殺せ、なんて言う気はないけど。……でも、やるべきことを、しないといけないことを……優しさでごまかそうとするのは……単に、逃げだと思う」

読子は黙ったままだった。思いもよらない言葉に、困惑していた。

「あたしみたいな女子高生が言っても、説得力ないけどね」

ねねねも静かに目を伏せた。

言いたいことを言ってしまった、との感がある。偉そうに言っても、自分は常に守られる身なのだ。読子が救ってくれたから、ここにいるのだ。

本当に、争いの中にいるのは読子である。そして彼女は、かつて恋人を殺《あや》めているのだ。

「……ごめん、言いすぎた」

「いえ……」

その言葉を最後に、二人は黙った。

入室してきた時のようなはしゃぎ声は、もう聞かれなかった。


「……ああ、マギーか？　パパだ」

巨体をコーナーの仕切りに押し込むようにして、ドレイクは電話をかけている。

特殊工作部の一角にある、共用電話の並ぶスペースだ。

復旧《ふっきゅう》作業のせいもあって、今、外界との電話はここしか使えない。携帯電話も禁止されている。もちろん、警備上の問題もあるのだろう。この回線での会話も、当局が内容を〝把握《はあく》〟しているはずだ。

ピカデリー・サーカスの下調べついでに、どこかから電話しようとも思ったが、いらぬ疑いをかけられても嫌なので、止《や》めた。それに特殊工作部からかければ、料金は向こうもちなのだ。過酷《かこく》な勤務内容に対する、ささやかな抵抗でもある。

『パパぁ？　なぁに、いつもの日は、明日じゃない？』

いつもの日、というのは月に一度の面会日のことだ。ドレイクにとっても、マギーにとっても、貴重な親子のコミュニケーションである。

「そのことなんだがな……すまんが、仕事が終わりそうになくてな。今月は、見送らせてくれんか?」

『えーっ? せぇっかく、ロナルドの誘いも断ったのにぃ』

聞き慣れない名前に、ドレイクが一瞬固まる。

「ロナルドって誰だ!?」

『クラスメイト。キアヌ・リーブスの新作を一緒に観《み》に行こうって言ってきたの』

「なんだそいつは!? そんなヤツ、ほっとけ!」

『だから、断ったってば。パパの話を聞くほうがオモシロいし。でも、会えないんじゃ、どうしようかなぁ』

「どうしようじゃないだろう! おまえはまだ一〇歳と八ヶ月なんだぞ! 勉強をしてなさい、勉強を!」

ついつい声が大きくなるドレイクである。内容を〝チェック〟している当局は、耳を押さえていることだろう。

『勉強なら、学校でしてるってば。……ね、それより仕事って……イギリスのこと?』

「! ……関係ない」

『トボけたってダメ。パパ、ウソつくと声と顔と態度に出るし』

幼い娘にいともたやすく看破《かんぱ》される。つくづく、自分は腹芸《はらげい》に向いてない。

『こっちのニュースでもスゴいもん、ロンドン。……アレって、ジェーンに関係あ』

「マギー！」

ドレイクは怒鳴り声にも近い大声で、マギーの言葉を中断させた。驚いて、息をのむ様子がわかった。

マギーには、しばしば任務を脚色《きゃくしょく》して聞かせたことがある。その中に登場するのが、紙を自在に扱って悪漢《あっかん》を倒す女スパイ、ジェーンだ。モデルはもちろん、読子である。

任務の内容を軽々しく話すことは、傭兵《ようへい》のルール違反だ。

だからジェーンが戦うのは怪物や宇宙人といった相手だったのだが、今回の竜は妙にイメージと一致してしまったのだろう。

しかし注意しなければならないのは、マギーが特殊工作部にマークされるということだ。後ろ暗いことはないが、彼女に余計な疑いを向けられることは、親として避けなければならない。

「ジェーンは、俺の作ったおとぎ話だよ。あんな女が、本当にいるはずないじゃないか」

ドレイクは、抑《おさ》えた口調でマギーに言って聞かせる。言葉の裏にあるものが、通じるように祈りながら。

『…………………………』

マギーは、しばらくの沈黙の後に口を開いた。

『……わかってるよ。私、もう一〇歳なんだから。ニュースがまるでアニメみたい、って言いたかっただけなの』

「すまんな、冗談のわからないパパで」

『もう馴《な》れてる』

どうやら、伝わった。不器用《ぶきよう》な自分に似ない、カンのよさがマギーにはあった。

これで特殊工作部が見逃すかどうかはわからない。ペナルティの支払いぐらいは求められるかもしれないが、安いものだ。

「イギリスみたいなハデな事件は、パパには関係ないよ。パパは今、アフリカのほうにいる。場所は言えないが、心配はしなくていい」

『うん……わかった』

ついさっき、ドレイクの言葉をウソと見抜いたはずのマギーが、素直に返答した。

「今月会えないぶん、来月、山のようなプレゼントを持って帰るよ。リクエストがあったら、今のうちに教えてくれ」

受話器の向こうで、わずかな沈黙が流れていった。

『……パパのおとぎ話が、聞きたいな』

返ってきたのは、意外なリクエストだった。

「……約束する。今からさっそく、アイディアを練《ね》らないとな」

『おもしろいの、期待してるからね』

「プレッシャーだな」

『最低でも、キアヌの新作よりおもしろいのを』

「少し気が楽になった。おまえと二人で観《み》たのは、ひどかったからなぁ」

『アレよりつまらなかったら、パパとはもう口きかないからね』

「まかせとけ。……じゃあ切るが、いいか、だからって、そのロナルドってヤツの誘いは受けるなよ」

『わかってるって。……パパも、元気でね』

「ああ。……愛してるよ」

『私も』

電話を切る。

「愛してる」などという言葉を使う相手は、もう世界でマギーだけだ。

「…………………………」

そんな娘が、もうクラスメイトから映画に誘われるほど成長している。そしてこれからも、育っていくのだ。

マギーのために、少しはよい環境を作ってやりたい。

それだけがドレイクの願いである。地球とか、人類の命運よりも、彼にとってはそっちのほうが重要だ。

ドレイクは身を翻《ひるがえ》し、愛用の武器を手入れするために歩き出した。

来月、無事マギーにプレゼントを届けるために。


材質だけなら容易《たやす》く揃《そろ》えられる。

外見も、ミクロン単位で複製できるほど、スタッフの技術、機材の性能は上がっている。

しかし目に見えないもの、執筆者の情念やその紙が持つ歴史的オーラなどは簡単にはコピーできない。

それが、ジギーの悩みの種《たね》でもあった。

ファウストの主張でフェイクの製造は続行されることになったが、取引時間までにそれを仕上げるのはなかなかの難題、といえた。

さらによく考えれば、完璧《かんぺき》なフェイクはそもそも〝作ってはいけない〟のだ。

文面までまったく同じものでは意味が無いのである。それはコピーと同じだ。解読の手がかりを相手に渡すことになるのだから。

考えてみればまぬけな事態ではある。

それならば本物を渡しても、コピーが手元に残ればいいではないか、という意見もあるだろう。しかし前述したように、本物の持つ〝目に見えないもの〟が解読、解析《かいせき》、その効用にどう影響してくるかは誰にもわからないのだ。

結局、ファウストの提案で、紙面の文章は一部文字の位置を並び替えたものを採用することになった。

外観上、もっとも違和感のない並び替えのパターンをファウストが作成する。ジギーは研究室で、その完成を待っていた。

今までに作ったことのない、奇妙なフェイク。

本物と同じでありながら、同じであってはいけないフェイク。

スフィンクスの出題する難題のようだ。

ファウストが出した条件は「読子クラスの紙使いを、最低一分間は騙《だま》せること」というものだった。

取引がどう行われるかはわからないが、相手にしても長時間その場所に止《とど》まることはないだろう。警察や諜報部《ちようほうぶ》、特殊工作部の監視も警戒するはずだ。

だがジギーには少しひっかかることがある。

一分間騙せても、相手が後からフェイクであることに気づけば、女王の安全は消えるのではないだろうか?

誘拐《ゆうかい》事件の場合、人質《ひとじち》の解放は間違いなく金銭を確認してからだ。騙されたと知って、それでも人質を無事に返す犯人はいないだろう。

とはいえ、楽観的な要素もある。

敵側は、グーテンベルク・ペーパーの本物を見たことが無い、と予測されることだ。フェイクの判断は、直感に頼るしかない。

つまりは、あの条件は「それほどのクオリティでしあげろ」という意味合いだったのだろうか。判断しづらいが。

目前で繰り広げられた、ジェントルメンとファウストの衝突が今でも頭に残っている。

二人が、女王に並々ならぬ感情を抱いているのは間違いない。

しかしそれは、なんのためなのか？

誰が本当に英国を救い、女王を救おうと考えているのか……？

「失礼するよ」

ファウストが、二人の監視員を連れて入室してきた。彼が大英博物館と特殊工作部の中で行動する際には、必ず監視員が同行することになっている。

当初は読子がその任にあたっていたのだが、非常事態で彼女は彼女なりの任務に集中するよう、変更があったのだ。

ジェントルメンとの一件で、監視員も一人から二人に増えた。スーツの下に携銃《けいじゅう》しているのがわかる。

午前中とは違う、見慣れない顔の二人だ。監視は八時間交替で、一日中続けられる。別セクションから応援が来たらしい。ジェントルメンが、いかにこのファウストを注意しているか、よくわかる。

「フェイクの文面ができた」

「おう」

ジギーは、プリントアウトしたシートと一枚のＣＤ－ＲＯＭを受け取った。

「この中に、データがある」

本物のスチールを、シートと見比べる。

「……………………」

ジギーの目からしても、違いがわからない。

「……どう、変わっておる？」

ファウストが、得意そうな顔を作る。

「この文章のレイアウトは、四二行聖書とほぼ同じ。横三一〇ミリ、縦四二〇ミリの判型に二段組だ。〝世界で最も美しい文字組み〟と言われたことに執着でもあったのかね。その中に、二六〇〇字が入っている。うち、不規則に四〇〇字を変えてある」

ファウストが近寄り、紙面を指さす。

「ここと……ここ、とかね」

言われてみればなるほど、変更がなされている。しかし常人《じょうじん》ではまず気づかない。

「変更することで、ある程度の規則性をもたせた。ヘタにそれに気づくと、解読は一層混乱するよ」

罠《わな》、というわけだ。

「瞬間記憶能力者でもない限り、まずわからないと思う」

瞬間記憶能力、とは見た光景を写真のように、頭に焼きつけることだ。

電線にカラスが並んでいる。なにかの音で、一斉に飛び立つ。しかしこの能力の持ち主は、一瞬でも並んでいる光景を見れば、カラスの羽数を正確に当てることができる。

その光景を正確に記憶し、頭の中でカラスを数えるのだ。理論的には可能でも、普通にできることではない。

「ご苦労。……あとは、ワシらの仕事じゃな」

純粋に感嘆《かんたん》しながら、ジギーはシートをまとめた。

「どっちが本物か、ちゃんと記録しとけよ。後で騒ぎにならないようにな」

ファウストは肩を上下させ、首を鳴らした。

「どうした？　疲れたか？」

「あたりまえだろ。僕は四〇〇歳のジジイだぞ」

そう言われても、なにしろ外見は少年そのものだ。違和感は隠せない。

ファウストは振り向きもせず、後ろの監視員を親指で指した。

「こいつら、マッサージもやってくれないんだ。仲良くなれそうもないな」

読仙社《どくせんしゃ》との取引まで、あと約二〇時間。

瓦礫《がれき》の第一次除去が終わり、道路は最低限の機能を回復した。もっとも、未だ優先されるのは警察、医療関係の車両であったが。

政府の新たな公式発表は無く、事態の真相はあいかわらず霧に包まれていたが、国民はそれなりの落ち着きを取り戻しつつある。

それと反比例するように、大英図書館特殊工作部のスタッフは不眠不休の忙しさに捕まっていた。

破損した本を修繕《しゅうぜん》するために、製本スタッフから新人、引退した者までが駆り出された。汚れを拭《ふ》き取るという簡単な作業から、バラバラになった何世紀も前の本を完全復元、という職人芸まで、大英図書館は長年に渡って磨《みが》いた技術をフルに発揮し、後処理《あとしょり》に取り組んでいる。

なんとしても、救う。彼らの本に対する姿勢は、人の命に対するそれと変わらない。

修繕作業用にあてられたホールの片隅《かたすみ》で、一人の女が机についている。

他のスタッフと同じく、手にした布で本の汚れを拭き取っている。

布には、特殊工作部が開発した特製薬品が染《し》みこませてある。大抵の汚れなら、軽く拭くだけで落ちる。

女は長時間、積み上げられている本を機械的に拭き続けていた。

「…………………」

その瞳に、感情のようなものが見えた。

手にした本をじっと見つめる。

その表紙を汚していたのは、血だった。

スタッフかもしれない、利用客かもしれない人の血。それが女に、苦悩を思い出させた。

昨日から胸の奥にこびりついて取れない、苦悩を。

女――読子・リードマンは本を見つめ続けた。

本に触れていれば、作業に没頭《ぼっとう》していれば考えずにすむ、と修繕を手伝った。

特殊工作部ではそれなりに知る者も多いが、大英図書館のスタッフの中にまじれば、読子も普通の司書《ししょ》と変わらない。少なくとも外見は。

他の司書も、まさか彼女が特殊工作部の〝ザ・ペーパー〟とは知らず、静かに自《みずか》らの作業に取り組んでいる。

読子の中に、昨日ねねねと交わした会話が蘇《よみがえ》る。

「悪い人じゃないなんて、あたしには思えない」

彼女の言葉を裏付ける証拠が、今手の中にある。

この血を流した人はどうなったのだろう。

死んだのだろうか？　突然襲った理不尽《りふじん》な死に、自覚する間もなく倒れたのだろうか。

この人も、昨日の自分の言葉には、決して賛同できないに違いない。

読子も、モニターで連蓮を見ている。ねねねを人質《ひとじち》にした、彼女を。

ファウストの策で、自分は白竜の相手に回ったが、もし彼女と対決していたら、どうしていただろうか。

ねねねの命を盾《たて》に取り、多くの人を巻き添えにした彼女を、殺さずに倒せただろうか。

いや、白竜にしても同じことだ。

彼も北海で、そしてロンドンで多くの犠牲者《ぎせいしゃ》を出している。グーテンベルク・ペーパーなど、存在も知らない人々が死んでいるのだ。

ジョーカーが彼を撃たなかったら、戦いはあそこで終わらなかったはずだ。

自《みずか》らの足を斬《き》って、なお迫る白竜に自分はなにをしていたのだろう……。

なにをすれば、よかったのだろう？


「………………」


そっとメガネに手をやる。もちろんなにも、聞こえない。

人を殺《あや》めることに、激しい抵抗がある。だが、彼女の任務は、時にそれを強要してくる。そ

れをしなければ、もっとひどい事が起きるのだ。

だから、自分はそれをしなければいけないのだ。

人を、殺さなければ……。

いくら頭で納得しようとしても、嘔吐《おうと》感のような拒絶《きょぜつ》の心は変わらない。

読子は矛盾《むじゅん》の間《はざま》に身を挟《はさ》まれ、悩む。

そんな選択を迫られたことが、確かにあった。

バベル・ブックスという巨大本屋で、テロリストと対峙《たいじ》した時だ。リーダーのジョン・スミスは、彼の首に紙を当てた読子にこう聞いた。

「おまえに切れるのか？」

自分はこう答えた。

「……私はエージェントです。そうしなければならない時には、するつもりです」

しかし、本当にできただろうか？　言葉どおりのことが？

その瞬間、自分がどんな行動に出るのか、読子は自分でもわからない。

まったく、二五年も本を読んできたのに。人一倍本を読んできたのに。

正しい答えが、ちっともわからない。

本の表紙を、そっと布で撫《な》でる。

血の跡は、ほんの数回で消えさった。

最初から、そこにはなにも無かったように。

自分の苦悩が依然《いぜん》、消えないことに対する皮肉のように思えた。

「読子さん！」

「え？」

顔を上げると、そこにウェンディが立っていた。

「こんなトコロにいたんですかぁっ。あっちこっちぃーっぱい、探したんですからっ！」

言葉だけではなく、実際に走りまわったのだろう。額《ひたい》に小さな汗の粒《つぶ》が見える。

「どーしたんですか、呼んでもぼーっとしてるし、本をじっと見てるし」

「すみません……でも、探したって？」

ウェンディは読子の手を取り、せかすように立たせる。

「ジギーさんがお呼びです。開発部に来てくださいって」

「ジギーさんが？」

開発部のテーブルに、二枚のプレートが置かれている。

それぞれのプレートに挟まれているのは、まったく同じ古い紙――グーテンベルク・ペーパーである。

「……………」

読子は口に溜《た》まった唾《つば》を飲んだ。興奮のためだった。

「あの……これ？」

開発部スタッフ、ファウスト、ジョーカー、ウェンディ。集まった人々の中から、ジギーがずいと前に出る。

「片方は本物のグーテンベルク・ペーパー、もう片方がフェイクじゃ。どちらがどちらか、わかるかな？」

挑戦するように、口の端《はし》を歪《ゆが》めて笑う。目の下に濃い隈《くま》があるのを見ると、相当苦労をして仕上げたに違いない。

「はぁ……あの、直《じか》に見ても？」

ジギーが、ジョーカーを見た。ジョーカーは一瞬、眉《まゆ》をしかめたが、思わぬところから助け船が出た。

「見せてやれよ。ナマでないと、意味がない」

横から口を挟《はさ》んだのは、ファウストだった。

そんなことはジョーカーにもわかっている。だが、まるでファウストに諭《さと》されたように返事をするのは不愉快《ふゆかい》だった。

「……もちろんです。……外してください」

ジョーカーの指示で、スタッフがプレートを固定していたボルトを外す。

「くれぐれも、破損しないように。丁寧《ていねい》に取り扱ってくださいよ」

一応の注意はしたが、読子は早くも好奇の眼差《まなざ》しを紙の上に落としている。

「……わかってます」

読子は平行して置かれた二枚の紙を、しげしげと見比べた。

それはまったく同じものだった。匂《にお》い、染《し》みの場所、端の傷《いた》み具合、皺《しわ》にいたるまでが。クローン培養《ばいよう》で生まれたかのように、酷似《こくじ》していた。

「………………………………」

顔をぐぐっ、と近づける。紙が発する気のようなものが、もあっと香った。

長い歴史の中をくぐり抜けてきた芳香《ほうこう》。その中にピリリと混じる、血と謀略《ぼうりゃく》と業《ごう》の隠し味。

コーティングされた黒い情念。

苦い苦いコーヒーにも似ている、黒く香《かぐわ》しい誘惑の空気。

それは読子を誘っているようでもあり、毒で威嚇《いかく》しているようでもある。

まさに至近《しきん》距離で味わう至福《しふく》の紙片である。

読子はそれぞれの紙面を睨《にら》んだ。アルファベットの活字が並んでいる。しかしそれはいわゆる文体を、単語をも無視し、気まぐれな詩のように奔放《ほんぽう》に連なっている。

縦が横になり、時には逆さになり、タイポグラフィーを思わせるほどに意味が無い。

しかしそれでも、不思議なもので、文章の持つぼんやりとした感触だけは感じ取ることができる。

「…………………」

ジョーカーの説明によると、グーテンベルク・ペーパーは魔道の書として編《あ》まれたという。

だが、読子がこの紙面から感じ取るのは、深く、静かな空気だ。

黒魔術、呪術《じゅじゅつ》と聞いてイメージするような、激しく邪悪《じゃあく》なものではない。

そのことが、読子をわずかに戸惑わせる。

「…………………あ」

たっぷりと紙面を追っていた読子が、その差異に気づいた。

「……ここ、違ってます。ほら」

読子は二枚の紙面の同じ箇所《かしょ》を、指さした。そこの文字が、異なっているのだ。

キ、と小さな音をたて、ジギーが白衣のポケットからストップウォッチを取り出した。

「何分だ？」

「一分と二九秒……」

「まず、合格といったところだな」

ファウストとジギーの会話に、ジョーカーがふぅ、と肩をすくめた。

「なんですか？」

「いや。で読子、どっちが本物だ？」

質問には答えず、ファウストがさらに問いかける。

「見てるだけじゃ……やっぱり、触ってみないと」

指先をわきわきと動かし、ねだるようにジョーカーを見る。

「いえ、それは結構。読子をしてここまで迷わせれば、フェイクは完成と言えるでしょう」

ジョーカーが指を鳴らす。それを合図に、開発部のスタッフが二人、両側からプレートを取り上げた。

「あっ……ああっ……」

お菓子を取られた子供のように、読子はどちらを追いかけるかわたわたと迷っている。その間にスタッフは、鮮やかな手際《てぎわ》でプレートを元通りに固定した。

「あーうー……」

情けない、失望の抗議をあげる読子だ。

「敵にしたって、へたに触って紙を崩《くず》すわけにはいかないだろう。どのみちプレートのままで、運ばないと」

「となると、一応成功、といえるかな?」

ジギーがニヤリと笑った。条件つきとはいえ、読子を降参させたのが嬉《うれ》しいらしい。

グーテンベルクの時代、印刷の紙には湿り気が与えられた。キリフキで紙の表面を湿らせたのだが、『四二行聖書』の場合、その水に聖水を使っていたのだ。紙自体も教会の祝福を受けたものである。相乗効果《そうじょう》で、紙面から漂う気はより強化された。

ジギーはそのことに思いあたり、教会に出向いてフェイクの紙を聖水で清《きよ》めたのだ。

「十分に。お疲れさまでした」

ジョーカーの言葉に、開発部の全員がニヤリと笑った。全員、ジギーと同じく目の下に隈《くま》を作っている。

「あの……それで、結局どっちが本物なんでしょうか?」

クイズの答えを焦《じ》らされている幼児よろしく、読子がジギーの顔を見る。

が、口を開こうとする彼をジョーカーが止めた。

「それは、聞かないほうがいいでしょう。どのみち、明日になればわかることですよ」

心中に残る不愉快《ふゆかい》を、こんなところで晴らしているのだろうか。ジョーカーは爽《さわ》やかな、しかし意地悪な微笑を浮かべる。

「そんなぁ……」

「開発部の皆さん、お疲れさまでした。どうぞご休息をお取りください」

恭《うやうや》しく、感謝の言葉を口にするジョーカーだ。

「そうさせてもらうか。さすがにちぃと、疲れた」

速攻の作業が老体にこたえたか、ジギーがゴキ、と首を鳴らした。

開発部のスタッフも、任務が一段落した安堵《あんど》の息をつく。

「明朝《みようちよう》まで、ごゆっくりお休みください。ご帰宅なさっても結構ですが、連絡は必ず取れるようにご配慮《はいりよ》いただければ感謝の極《きわ》み」

全員が、緩《ゆる》んだ空気の中で部屋を後にしようとしている。不満を顔に貼り付けた、読子を除いて。

そんな彼女の袖《そで》を、ファウストが引っ張った。

「読子」

「はい」

「この後ヒマなら、デートしないか？」

「はい？」

ファウストの言葉を聞いて、ウェンディがうぁ、と口を開けた。

大英博物館は、臨時の休館となっている。

スタッフは復旧《ふつきゆう》に駆り出されて忙しいし、マスコミの取材を一斉にシャットアウトするためでもある。

広大《こうだい》な、ほぼ無人と言っていい館内を、読子はファウストと歩いていた。

「博物館でデートって、初めてです……」

読子は今さらながらに展示物を見回しながら、つぶやいた。

「どんな場所でなら、経験があるのかな？」

「……本屋とか、古本屋とか、図書館とか、古書市《こしょいち》とか……なら」

「驚きだな。場所よりも、相手がいたということが」

ファウストは後ろ手に、読子の前を歩いていた。二人の他に、人の姿はない。

ジョーカーは監視員に同行するように言ったが、ファウストが拒否した。拒否権などない彼の立場だが、ジギーと、読子自身も少なからず賛同した。

テロの撃退、フェイクの製造という共同作業を経て、この二人にはファウストに対する連帯感が芽生《めば》え始めている。

ジョーカーは強制権で押し切ろうか、とも考えたが、ここは条件をのもうと思いなおした。読子に対する信頼もあったし、なによりもう一つ、彼にはやらねばならない作業があった。盗《とう》聴器《ちょうき》の回収である。そちらに心をとられてもいた。

結局、彼はジェントルメンとファウストの会話を聞いていない。選択肢《し》は選択肢として残して置くことを選んだのである。精神的な踏ん切りがつかないのも事実ではあったが。

開発部のスタッフを帰し、密《ひそ》かに盗聴器を回収することが先決だ。ジョーカーはさして争うこともなく、二人の〝デート〟を認めたのだった。

本当にデートをするわけではない。

二人で館内をうろつく程度である。言わば、ファウストの気分転換だ。

彼が幽閉《ゆうへい》から解《と》かれて以来、お守《も》り役の読子を気にいっていることはわかっている。

いかつい監視官にその任を代わられて、機嫌を損《そこ》ねていたのだろう。

そう考えると、ファウストも奇妙に普通の男に思える。ジョーカーは多少なりと、気分が軽くなった。

ともあれ、一時間の刻限《こくげん》付きで、二人は大英博物館内を散策している。

「その彼に悪いかな？　君をつきあわせていると」

「いえ……その人、もう……この世にはいませんから……」

読子のつぶやきに、ファウストが眉《まゆ》を動かした。

「すまなかった。失礼なことを、言ったな」

「いえ……」

二人はしばらく、無言で歩いた。

アメンホテップ三世の座像が迎えるエジプト展示室の入口を抜け、ロゼッタ・ストーンの前で立ち止まる。

そういえば、ファウストは解放された時もこのロゼッタ・ストーンの前で止まった。

「……ファウストさん、これが好きなんですか？」

「まあね」

「やっぱり、解読を手伝ったからですか……？」

「それもある。だけど、大きな理由は別にある」

「別に……？」

首をかしげる読子に、ファウストは歩きながら説明する。

「ロゼッタ・ストーンの解読は、古代エジプト史解明のカギとなった。二〇〇〇年も前に記された言葉が、時代を経て蘇《よみがえ》ったんだ」

「はぁ……」

それはまるで、老教授と学生のやり取りにも似ている。

「人が他の動物に比べ、圧倒的な進歩を遂《と》げることができたのは、智恵《ちえ》を持ち、その智恵を伝達する手段を得たからだ」

ファウストは訥々《とつとつ》と語り続ける。

「その手段が文字だ。人は智恵を石に刻み、紙に記し、距離と時間を越えて伝達した。叡智《えいち》という財産を代々、受け継いでいった。ロゼッタ・ストーンもその一つだ。だから、気にいってる」

「でも、それなら……」

読子が思わず口を挟《はさ》む。愛書狂《ビブリオマニア》として、言いたいことがあるのだ。

「ああ、言いたいことはわかる。もちろん、僕は本も気にいってるよ。伝達手段としては、これほど多種多様に愛されているものはないしね」

ファウストの言葉に、自分が褒《ほ》められたかのように、笑顔になる読子だった。

「ほう、やっと笑ったな」

「はい？」

「入室してきた時に、多少陰《かげ》が残っていたからね。なにか、悩みでもあったのか？」

ファウストの洞察《どうさつ》に、読子は驚かされる。

「私、そんなに暗かったですか？」

「いや。他の連中にわかるほどじゃない。だが僕は、人の弱っているところを見るのが好きだから、そういうところには敏感でね」

二人は話をしながら階段を上り、二階へ向かう。

「君の〝紙使い〟としての能力に影響するようなら困るところだったが。しかしさすがだな、グーテンベルク・ペーパーを見た途端《とたん》に陰は姿を潜《ひそ》めたよ」

その言葉が読子には複雑だ。紙一枚で変わってしまうことが、今日はやけに情けない。

ジンジャー、との愛称を持つミイラがケースの中で横たわっている。これは、大英博物館でもトップクラスの人気展示物で、紀元前三〇〇〇年のものだという。

「僕でよかったら、話してみろ。必ずしも、解決できるとは言い難《がた》いがね」

読子は苦笑し、口を開きかけた。

「おっと、その前に。ここまで来たんだし、どうせなら屋上に上ろう」

「は？　なんでですか？」

「悩み相談は、空の下でやるものだ」

「お食事をー、お持ちしましたー……」

おそるおそる、といったふうでウェンディがドアを開ける。

特殊工作部の宿泊室に陣取《じんど》る日本の女子高生作家、つまり菫川ねねねはベッドに寝ころんだままだった。

「おー……」

と力ない声が、俯《うつぶ》せになった顔の下から漏《も》れてきた。

ウェンディはトレイをテーブルに乗せ、不思議そうにねねねを見下ろした。

「あの……具合でも、悪いですか？」

「なんでー……？」

「襲って、こないし……いつもの、無駄《むだ》な元気もないし」

失礼ともとれる言葉だが、いいように弄《もてあそ》ばれたウェンディにしてみれば、確かに静かなねねねは不可解だろう。

「んー……」

ねねねはごろんと身体《からだ》を転がし、仰向《あおむ》けの姿勢になった。

視線がぼやけている。なにか、もやもやとしたものを見ているような……。

「……なにか、あったんですか?」

「ん。……ちょびっと、だけ。……先生と、ケンカっていうか。ケンカじゃないな。少し、気まずくなっちゃって……」

「読子さんと、ですか?　……あ」

言われて初めて、本の修繕《しゅうぜん》をしていた読子の様子に思い当たるウェンディである。

「そういえば、読子さんもなんか、ヘンだったような」

「げ。やっぱり?　……言いすぎちゃったかなぁ……」

わしゃわしゃと、頭をかく。いつもは元気のいい後ろ髪のハネも、今日はおとなしい。

「……なに、言ったんですか?」

ウェンディが、興味津々《しんしん》、といった顔で聞いてくる。

「うん……まあ、ちょっと……」

ねねねは、話せる範囲で昨日の読子とのやり取りを話した。読子のプライベートな心情だから、ぼかして伝えるところもあったが。

聞き終えたウェンディは、静かに頷《うなず》いた。

「……難しい、問題ですねぇ……」

「ウェンディ……あんたなら、どう答える?」

年下でありながら、会話的にはすっかり上に立っているねねねである。それを自然と受け入れているウェンディもウェンディだが。

「……わかりません。でも、ねねねさんは、間違ってないと思います」

「…………………」

「自分が、本当にそう思ってるんなら、違う意見をぶつけることも必要じゃないでしょうか。それでちょっと、気まずくなっても……」

ウェンディは腕を組んで、頷《うなず》いた。

「自然に、元に戻れますよ。友だちだからって、無理に相手にあわせること、ないです」

彼女の脳裏《のうり》には、一人の友人の姿が浮かんでいるのかもしれない。カレン・トーペッドという、自分とはおよそ正反対だった友人が。

「そうだよね……そうだと、いいな……」

少しだけ、ねねねの言葉には力が戻っていた。

大英博物館、ならびに特殊工作部からの外出を禁じられているファウストである。

「屋上は敷地内だろう。なら、問題はない」

彼はそう主張し、読子を屋上へと連れだした。彼にとっては、何年ぶりの外気となるのだろうか、暮れゆく夕景を眺めながら、大きく息を吸い込む。

「……ファウストさん、外を見たかっただけなんじゃ？」

読子の指摘に、ファウストは冗談まじりの口調で答えた。

「その通りだ。君の悩みなんて知ったことじゃない。どうせ忙しくて本が読めないとか、金がなくて本が買えないとか、街に出たのに本屋に行けないとか、そんな悩みに決まってるんだろう」

「私、そんなに本ばっかで悩んでるんじゃありません……」

読子も苦笑しながら、答える。

「言ってみな。答えはもう用意してるぞ。『この大空に比べたら、そんなことはちっぽけなものだ』だ。大抵の悩みは、これで片づけられる」

「……ファウストさんって、なんか、大雑把《おおざっぱ》な人なんですね……」

それでも読子は、ぽつぽつと語り始めた。

昨日、ねねねに言われたこと。

任務である戦いの中で、相手を殺すことを嫌悪《けんお》している自分。

いつか、その逡巡《しゅんじゅん》がさらなる悲劇を呼ぶとしたら……。

自分は、どうすればいいのだろうか？

ゆっくりとした言葉が終わる頃には、空には星が輝いていた。

ファウストは、黙って読子の言葉を聞いた。

「予想外に、大きな悩みだな」

「すみません……でも、ちょっと頭に引っかかっちゃって……」

二人は並んで、大英博物館の屋上に座っている。はたから見ると姉弟のようだ。

そこは一昨日《おととい》、白竜が来襲した際に、読子が紙飛行機で飛び出した場所でもあった。

「……ファウストさん。今度、紙使いの人と戦いになったら……私、その人を倒さないと、いけないんでしょうか?」

「殺さないと、だな」

読子が意識的に避けた言葉を、ファウストは容赦《ようしゃ》なく指摘する。

「殺さないと……終わらないんでしょうか? 同じ紙使いなのに、理解しあうことはできないんでしょうか?」

黙り込む読子に、ファウストは言った。

「読子。君らは、紙使いである前提として、人間だ」

「はい?」

「紙使いどうしだから、同じ能力を持っているから、理解しあえるということはない。君が歩んできた道と、相手が歩んできた道は、まったく違うからだ」

それは、諭《さと》すような口調だった。

「人間は、言語という手段を手に入れてからも、ずっとわかりあおうとしてきた。そして同時

に、争いあってきた。本を読んでいれば、そのくらいは知ってるだろう?」

「ファウストさん……」

ファウストは、胸ポケットから一枚の紙を取り出し、紙飛行機を折りあげていく。

「君の悩みに、絶対の正解はない。だがそれでも、自分だけの正解をつかむことはできる。読子・リードマンという道を歩んできた君だけがつかめる、君だけの真実だ」

言葉の節々《ふしぶし》に、包み込むような、同時に突き放したような感情がこもっている。それは、ファウストという特殊な生が裏付けるものなのだろうか。

「悩むんだな。今の何百倍も悩め。そして自分の真実をつかんだら、教えてくれ。人はそうして、それぞれにつかんだ真実を伝えあってきた」

立ち上がり、完成した紙飛行機を飛ばす。

「それがぶつかりあい、淘汰《とうた》されて、僕ら人類という種《しゅ》の道が決まるんだ」

紙飛行機は風に乗り、驚くほど遠くへと飛んだ。遙《はる》か遙か、ロンドンの街の上を。やがてそれは、夜の闇の中に溶《と》けて消えた。

「……やっぱり、解決はできないな。今度はもう少し、簡単な悩みにしてくれ」

「……はぁ……」

読子は微笑して頷《うなず》いた。

「戻ろうか。一時間はとうに過ぎてる。ジョーカーがまた機嫌を悪くするな」

「え？　あ、うわぁ……」

ファウストの腕時計を見て、読子が溜息《ためいき》を漏《も》らす。

「やっとかなきゃいけないコトもある。さあ、急ごう」

ファウストはすたすたと、まだ座ったままの読子を残して歩き出す。

「ファウストさんっ。……勝手ですっ、もうっ……」

読子は急いで、その後に続いた。


月の明るい夜だった。

ロンドン郊外にあるアパートメントの一室に、二人の男がいる。

両方、東洋人だ。一人は出窓《でまど》に腰掛け、外の景色を見ている。

一人は古ぼけたソファーに座り、机の上に立てた蠟燭《ろうそく》の炎を見つめている。

窓の男を王炎《おうえん》、ソファーの男を凱歌《がいこー》という。

この国に来た時は、四人だった。それがこの数日で、二人になった。

大英図書館との戦いで、二人を失ったのだ。

犠牲《ぎせい》は覚悟していた。

だから、取り乱すこともなく作戦を次の段階に進めることができたのだ。

しかし、それでも胸に広がる喪失《そうしつ》感は拭《ぬぐ》えない。四人は幼少からの友人であり、所属する読仙社では〝四天王《してんのう》〟と称されたチームだったのだから。

炎の向こうに、服の山が浮かびあがる。

連蓮が、ロンドンのブティックを回ってかき集めた、戦利品だ。そのお供をしたのが、凱歌である。凱歌は文句一つ言わず、もちろんそれ以外の言葉も言わず、彼女の衣装運びを完璧《かんぺき》に務めた。いつもと同じように。

結局、その大半に袖《そで》を通すことなく、連蓮は逝《い》ってしまったが。

凱歌は泣き声一つあげず、もちろんそれ以外の声もあげず、炎をじっと見つめている。

王炎は、出窓《でまど》に置いた本の表紙を撫《な》でた。

黒表紙に、金の渦《うず》が描かれた本だ。書名や作者らしき文字は無い。

王炎の指が、その渦をなぞる。眠っている赤ん坊を扱うように、静かに、丁寧《ていねい》に。

「…………カフェでの会話を、覚えてるか？」

凱歌が、無言で頷《うなず》いた。

襲撃前に、リージェント街の喫茶店で王炎、凱歌、連蓮が待ち合わせた時のことだ。

「俺は言った。『大英図書館の紙使いも、なかなか手強《てごわ》いってウワサだ』ってな。……言いはしたが、自分でも本気にしてなかった。白竜や、連蓮までがヤラれるワケがないって思ってた」

凱歌は答えない。しかし、彼が言いたいことは、王炎にはよくわかる。

「俺たちは、二人の無念を晴らすべく、グーテンベルク・ペーパーを手に入れて、おばあちゃんに届けるんだ。どんな手を、使っても」

王炎の言葉に、凱歌が握った拳《こぶし》を震わせている。

「おまえの気持ちはわかる。だが今は、そのことだけを優先しろ。俺たちは義兄弟だ、なにをするにも一緒だった。行き着くところも同じだ。連蓮にも、白竜にも、地獄で会える」

凱歌が大きく息を吐き出した。怒りの感情を、少しでも外に出すように。

「凱歌。明日、もし俺がやられたら、おまえがやるんだ。最後まで」

王炎の言葉に、凱歌は頷く。無言ではあるが、その返答が鉄の意志でできていることを、王炎は知っている。

「おばあちゃんの、ために……」

王炎は視線を本に戻し、慈《いつく》しむような目で見つめた。

「……………………」

ゆっくりと、凱歌が立ち上がる。顔に、驚きを浮かべて。

その視線は、窓の外に向けられていた。

気づいた王炎も、外を見る。

「…………おぉ」

遙《はる》か彼方《かなた》、月光の下を、なにかが飛んでいた。

紙飛行機だ。小さな小さな紙飛行機が、ふわふわと彷徨《さまよ》っている。
不思議な童話のような光景を、王炎と凱歌は見つめていた。

第三章　『コンプリート・コントロール』

〝サーカス〟には、「道路が集まる円形の広場」という意味がある。

ピカデリー・サーカスはその名のとおり、エロスの像を中心に劇場の多いシャフツベリー・アベニュー、ショッピング街のリージェント・ストリートなどの通りが連《つら》なる広場だ。

観光街としてはロンドンでもっとも賑《にぎ》わう場所であり、常に人やバス、タクシーの流れが絶えることがない。

エロスの像は、待ち合わせ場所としても有名だし、王立美術館やナショナル・ギャラリーも目と鼻の先である。事実上、ロンドンでも格別に人の多い場所と言えるだろう。

ここでは、観光客を狙ったスリやひったくりの犯行が頻発《ひんぱつ》している。彼らにしてみれば絶好の仕事場なのだ。

だが、特にこの〝商売〟を長く続けてきた者ほど、今日のピカデリー・サーカスには不吉《ふきつ》な空気を感じとっている。

交通規制も解《と》かれ、やっと町が平時《へいじ》の姿を取り戻そうとしているのに。

いつものように賑《にぎ》わう街角から、嫌な雰囲気《ふんいき》が漂っている。こんな稼業《かぎょう》の自分たちがもっとも嫌うもの。緊張と、警戒だ。

それが、そこかしこから煙のように上がっている。

こんな日は、商売に向いてない。

時刻は午前一一時四五分。アフタヌーンティーでも飲んで、さっさと帰ろう。


「周りに注意しろ。特に、東洋人から目を離すな」

ミルズとエリオット、そしてジョーカーはピカデリー・サーカスを見下ろすビルに一室を構《かま》えている。

室内では百近いモニターが、周辺に設置された隠しカメラからの画像を映している。

さらに警察、MI6《エムアイシックス》、特殊工作部から三〇〇人に及ぶスタッフが一般人を装《よそお》って警戒にあたっているのだ。

観光客に扮《ふん》した者がいる。アベックのふりをしている捜査官がいる。アイスクリーム、クレープ、風船売りの屋台も皆スタッフだ。

その視線はチラチラと、エロスの像に向けられている。

「どんな場所から現れても、逮捕《たいほ》できる。二秒で五人が、飛びかかれるように配置した」

ミルズの得意そうな口ぶりに、エリオットが水をさす。

「相手は常人《じょうじん》ではない。通常のマニュアルは通じないぞ。空から来たら、どうする？」

「狙撃班《そげきはん》が、撃ち落とすさ」

「お二人とも、女王陛下《へいか》の身柄《みがら》が確保できるまで、無闇《むやみ》な行動は慎《つつし》んでくださいよ」

この場のイニシアチブは誰にあるのか。それを言外《げんがい》に強調しつつ、ジョーカーはモニターを睨《にら》んだ。

ピカデリー・サーカスはロンドンでも有数の待ち合わせ場所である。それを取引の場所に指定してくるとは、大胆《だいたん》このうえない。

もっとも、彼らの行動は常に大胆、というか常軌《じょうき》を逸《いっ》している。

「車で来たら、どうする？」

「通りには警官を待機《たいき》させてる。即座に道路封鎖《ふうさ》で、袋のネズミだ」

ピカデリーの封鎖、ともなれば混乱は必至《ひっし》だ。しかしこの場合はやむをえない。

最悪でも、相手の足取りは捕らえたい。

グーテンベルク・ペーパーのフェイクには発信機を仕込むことは不可能だ。なんとか相手自身に接触したい。

そのために、あらゆる場所にスタッフを配置しているのだ。

「怪しい人物は？」

『今のところ、見あたりません』

現場のスタッフにしてみれば、相手の手がかりはほとんど無いのだ。なにがどう、怪しいのかはきわめて判断しづらい。

「東洋人は？」

『そこらじゅうに、います』

タイミングの悪いことに、日本人の団体観光客が詰めかけている。昨日、一昨日《おととい》と外出を制限された反動で、繰り出してきたのだろう。

「まったく、こんな時に！」

ミルズの舌打ちが、部屋に大きく響く。

「外貨《がいか》を落としてくれる大切なお客様ですよ」

ジョーカーは時計を見た。一一時五〇分。


ドレイクは、ビルの屋上に陣取《じんど》っている。

エロスの像は真正面だ。ここから、読子《よみこ》を援護《えんご》するのが彼の役目である。

何百人という観光客が、広場を行き来している。この中で狙撃《そげき》するとなれば、細心《さいしん》の注意が必要となるだろう。

「……………ふう……」

息を吐き、硬くなりかける身体《からだ》をほぐした。

冷静に、慎重《しんちょう》に。

平常心を保たなければ、この仕事は成功しない。

とはいえ、特殊工作部に依頼される任務はいつも、平常心を吹き飛ばすようなものばかりだ。だからこそ、マギーに喜ばれる話のネタにもなるのだが。

ドレイクは、再度広場を見下ろした。

笑顔の観光客が、地図を片手に歩いている。

だが彼らは、今、この場所が警戒態勢にあることを知らない。裏側でなにが起こっているか、知らされてないのだ。

「…………」

ある意味、それは世界の縮図なのかもしれない。

一一時五五分。


停車していたバンの扉が開き、読子が雑踏《ざっとう》へ歩き出した。

大英《だいえい》図書館の制服にコート。いつもの姿である。

手に、大きめの書類袋を持っている。中には、フェイクのプレートが入っている。

書類袋には小さく特殊工作部のマークが入っているが、気づく者はいない。特殊工作部は、まだまだ裏の存在なのだ。

竜の襲撃以来、説明を求める声は多かったが、上層部は特殊工作部の発表を控えた。この女王誘拐《ゆうかい》事件が解決するまでは、と考えたのだ。

読子は周囲を見渡した。

数え切れないほどの人がいる。肌の色も、服も、外見も様々だ。

この中に、敵がいる。

書類袋を抱きしめる。外見は普通のそれだが、耐火《たいか》、耐水《たいすい》、耐衝撃《たいしょうげき》の特殊紙で造られた特製だ。小径《しょうけい》の銃なら、穴も開かない。

時計を見る。一一時五八分。

読子は、エロスの像の下に向かう。


「予定時刻まで一分三〇秒。総員、各任務を遂行《すいこう》するよう、注意されたし」

ジョーカーが、部屋から指示を飛ばした。

相手を刺激することを避けるため、読子には通信機を持たせていない。

そのかわりに彼女の様子はあらゆる角度から撮影されている。集音マイクも設置しているが、これは雑踏《ざっとう》が予想以上に騒がしいため、会話のすべてを聞き取ることは困難だ。

「……もう、来てるな」

エリオットが、つぶやいた。

「しかしどこだ？　どいつだ？」

ミルズが、忌々《いまいま》しそうにモニターを睨《にら》む。


一一時五九分。

ドレイクは屋上に寝そべり、狙撃《そげき》用ライフルのスコープを覗《のぞ》いた。

エロス像の下に、読子が立っているのが見える。

フェイクの入った袋を胸に、少しばかりの緊張と、困惑を顔に浮かべている。

「……………………」

時計の秒針《びょうしん》が三〇秒を回った時、スコープの中で、読子の顔が変化した。

任務に向かう、強い意志の色が広がっていく。

「……よし」

ジェーンはそうでなくてはいけない。

そうでなければ、自分も命を預けられない。

エロスの像は、児童保護法の生みの親である政治家、シャフツベリー卿《きょう》を記念して建てられた。ギリシア神話の愛の神、エロスをモチーフにしたキューピッドである。

そのロマンチックな外見で、多く恋人たちが待ち合わせに利用する。

どれだけの恋がこの場所から旅立っていったことだろう。

しかしそれは、今日までの話だ。

あと数分で、この場所は英国から消滅する。

昨日の、ファウストとの会話が思いだされる。

悩むこと。迷うこと。それだけが、真実をつかむ道だ。そうしてつかんだ真実だからこそ、自分の中で揺るがなくなる。

今は、自分の任務を果たそう。特殊工作部の、ザ・ペーパーとして。

そう決意が固まった時、正午の鐘《かね》が鳴った。向かいのデパートにある、仕掛け時計の音だ。

文字盤の下にある壁が開き、天使の人形が行進していく。

「あっ」

短い驚きの声が、聞こえた。

ぎょっとして視線を向けると、そこに一人の男が立っている。襟《えり》にかかる長髪に、黒のTシャツ。無造作《むぞうさ》に羽織《はお》ったジャケット。

視線があった。男の顔に浮かんだ驚きは瞬時に消え、微笑に変わった。

「確か、リードマンさん？」

「え？」

思わず胸のプレートを隠すように抱く。男が、黒い本を手に持っているのが見えた。

「覚えてませんか？　ヘイ・オン・ワイで……」

「……あ！　ああ！」

男の素性《すじょう》を思い出した。英国に戻ってきた日、ヘイ・オン・ワイという町の古書店で会った、劉王炎《りゅうおうえん》だ。香港《ホンコン》から来た、ビジネスマンだった。

東洋人。

「こんなところで会うとは、奇遇《きぐう》ですね。誰かと、待ち合わせですか？」

「い、いえっ。あ、でも、はい。ちょっと用が……」

東洋人。本。

にこやかに歩み寄る王炎に、読子の頭でキーワードが並んでいく。


「なんだ？　あの男は!?　いつ、現れた!?」

ミルズが目を丸くした。モニターから一瞬も目を離していない。ほんの数秒前まで、読子の周囲に東洋人の姿は無かった。

「おまえ、気づいたか？　えぇ!?」

「いや……〝ザ・ペーパー〟に男が接近している。静かに取り囲め。目を離すなよ」

エリオットが、無線で指示を飛ばす。

「……ドレイク。気づきましたか？」

ジョーカーは、ライフルのスコープを覗《のぞ》き込んでいるはずのドレイクに問いかけた。

「……正午の鐘《かね》と同時に、現れた。いきなりだ」

ドレイクにしても、夢を見ているようだった。

「………………ザ・ペーパーに近づいてる。どうする？」

『万が一、違っていた場合、本物の相手を逃すおそれがあります。様子を見ましょう』

「了解」

ドレイクは、いつでも撃てるようにトリガーに指をかけ、スコープを覗く。

ふと、気づいた。男が現れた場所に、何枚かの紙が落ちている。ビラ配りが渡しているビラか？　劇場から剝《は》がれてきたチラシか？　それとも……。

「……王炎さんは、どうしたんですか？」

声に警戒の色は滲《にじ》んだだろうか。まさか。まさか。

「ヘイ・オン・ワイではあなたに上物《じょうもの》を奪われたので、チャリング・クロス街を回ってたんですよ」

チャリング・クロス街は二〇数軒の古書店が並ぶ、いわばロンドンの神保町《じんぼうちょう》だ。読子もよく通う書店が、幾《いく》つもある。

「……なにか、いい本は見つかりました？」

会話をしつつ、周囲に視線を走らせる。他に東洋人の姿は無い。瞳に厳しい色を湛《たた》えた男たちが、じわじわと接近していた。警察か、ＭＩ６か。

「ええ、何冊か掘り出し物はありましたが。しかしあなたに譲《ゆず》った、あの本は見つかりませんでした。返《かえ》す返《がえ》すも、惜しい」

王炎は、無防備に読子に近づいてくる。読子の中で、混乱の渦《うず》が大きくなっていく。

読子は時計を見た。一二時一分。

「あの本……確か」

「ええ、アレグザンダー・ポープの『髪盗み』です」

ジョーカー、ミルズ、エリオットはモニターをくいいるように見つめ、集音マイクの中から懸命《けんめい》に二人の会話を拾っていた。

「捕まえるか？」

「まだだ……」

うずうずと、今にも部下に指令を飛ばそうとするミルズを、エリオットが制する。

ジョーカーは、神経を集中して読子と男の会話を聞いている。初対面ではない。以前に会ったような会話を交わしている。

ただの知人か？　このタイミングで、この場所で？


王炎は目前まで迫っている。彼の手の、黒い本が表紙まで見える。金の渦巻《うずま》きが描かれた、書名も作者名も無い本だ。

「それが、戦利品ですか？」

王炎は、笑った。

「いいえ。これは、国から持ってきた本です。私の大切な大切な、本です」

読子の前に、かざす。ふっと、紙の匂《にお》いが読子の鼻をくすぐった。

「…………」

古い樹と、埃《ほこり》の匂い。どことなく、懐《なつ》かしさを感じさせる。自分は、この匂いを知っている。つい最近、嗅《か》いでいる。

東洋人。本。紙の匂い。

「…………王炎、さん」

「こんな形で会えるとは、ザ・ペーパー」

かざした本を、ずらす。黒表紙の向こうに、眼光《がんこう》鋭い王炎の顔が見えた。

「目標だ！」

興奮で、ミルズの声がうわずる。街頭《がいとう》の何人かが、思わず懐《ふところ》に手を入れた。銃のグリップをつかんだのだ。

「発砲するな！　……女王の安全が第一だ」

エリオットが、慌《あわ》てて補足《ほそく》する。

「あなただったんですか？　読仙社《どくせんしゃ》の紙使い……」

「いかにも。さぁ、グーテンベルク・ペーパーをお渡しください」

王炎が、空《あ》いている手を伸ばす。

「女王陛下《へいか》は……？」

「取引終了の後に、宮殿にお返しします」

王炎は静かに、読子は険《けわ》しい顔で互いを見つめている。

「信じて、いいんですか？」

「同じ紙使い。嘘《うそ》は、言いませんよ」

「………………」

読子は、ゆっくりと書類袋を王炎に差し出した。王炎はそれを受け取り、無造作《むぞうさ》に袋からプレートを引っ張り出す。その動作に、スタッフは息をのんだ。

王炎はしげしげとそれを見つめて、つぶやいた。

「……結構」

モニターの前で、ジョーカーが拳《こぶし》を握る。騙《だま》せた！　後は人混《ひとご》みの中で彼に発信機を付け、後を追えばいい。

「どの方角に行っても見失わないように、囲め」

ミルズの部下が、静かに移動する。


「……して、ください」

読子が、小さな声でつぶやいた。

「は？」

「……投降《とうこう》して、ください。そんな紙一枚で、どうして争わないといけないんですか……？　同じ人間じゃないですか。……話せば、わかりあえるはずです」

読子はじっと、王炎を見つめた。

「……同じ人間だから、信頼できないんですよ」

王炎は、一瞬前の自分の言葉と、矛盾《むじゅん》したセリフを口にする。

「人は常に、敵の裏をかこうとしている。私たちがそうであるように。この広場にあふれている、監視員たちがそうであるように」

「！」

「人は呆《あき》れるほど同じことを続けてきた。そしてこれからも続けていく。これは変えられない、業《ごう》なんです。騙し、争い、奪う。あなたたちだって、そうじゃないですか」

自然すぎる動作だった。王炎は本とプレートを重ねて持ち、懐《ふところ》から取り出した紙飛行機を飛ばす。

「⁉」

ドレイクの覗《のぞ》いていたスコープに、突然点が現れた。

「うおっ⁉」

反射的に転がる。その行動が、彼の命を救った。一直線に、すさまじいスピードで飛来《ひらい》した紙飛行機は、ライフルを〝縦に〟斬《き》り裂《さ》いた。コンマ一秒でも遅ければ、飛行機の尖端《せんたん》はドレイクの頭を貫《つらぬ》いていただろう。

「ドレイク⁉」

「確保！」

ミルズが反射的に叫ぶ。

ピカデリー・サーカスに潜《ひそ》んでいた監視員が、全員動いた。

「伏せろ、動くな！」

「英国警察だ！」

「避難して、早く！」

スタンドの新聞売りが、アフタヌーンティーを口に運んでいた紳士が、カップルが、一斉に銃を構《かま》える。それを見て、観光客や通りすがりの人々は驚愕《きょうがく》し、声をあげながら逃げ去っていく。スタッフは群衆を強引にさばきながら、エロスの像へと駆け寄る。

「ミルズ！　命令違反です！」

「遅《おせ》ぇだろ、バカ！　捕まえて吐かせればいい！　イザとなったらヤツを人質《ひとじち》だ！」

そんな方法が通用する相手ではない。エリオットもそう思っていたが、事態が動いてしまった以上はしかたがない。

「一般人を避難させて、包囲を縮めろ。くれぐれも、油断するなよ。狙撃班《そげきはん》も、妙な動きをしたら、すぐに撃て。だがなるべく、手足を狙え」

ピカデリー・サーカスは、普段とは違う喧噪《けんそう》に満ちていた。悲鳴と怒号《どごう》である。

「動くな！　逃げ道はない！」

四方八方《しほうはっぽう》から、銃を持った男たちが歩み寄る。銃口を王炎に向けたまま、いつでも発砲できるように。

「……このほうがいい。実に、わかりやすい」

囲まれながらも、王炎は平静だ。むしろ状況を楽しんでいるようなふしがある。

「王炎さん……」

読子も懐《ふところ》に手を入れた。ことがこうなっては、王炎を捕らえ、彼の仲間に女王引き渡しを迫るしかない。

「………………………」

王炎は、静かな目で読子を見た。

「あなたは本当に興味深い人だ。……だが、どうやらこの国では、ゆっくりと話すことはできないらしい」

読子には、彼の言葉の意味がわからなかった。

「凱歌《がいこー》！」

王炎が叫んだ。その声に、遠巻きに状況を見ていた通行人の一人が崩《くず》れた。いや、崩れたのは、外観だった。彼は身体《からだ》に何百枚もの紙を貼り付かせ、別人に化けていたのだ。

英国人の〝化けの皮〟を振り落とした、その下に現れたのは、明らかな東洋人だった。王炎が突然姿を現したのも、これと同様だ。彼は紙で白人になりすまし、人混みにまぎれて接近したのだ。紙使いは東洋人、というイメージを逆利用して。

凱歌が、大きく口を開いた。その口から、音が流れ出る。声というよりは、音に近い。半数以上のスタッフが、思わず彼のほうを振り向いた。

「いけない！」

ジョーカーは、軍から取り寄せたビデオで彼を知っていた。白竜《はくりゅう》の竜をユーロファイターが攻撃した時、援護《えんご》に現れたのが彼だった。

「狙撃班《そげきはん》、その男を撃て！」

同様に彼を知っていたエリオットが、大声をはりあげる。だが、王炎にばかり気をとられていた狙撃班に、瞬時に凱歌を探すことは不可能だった。

凱歌の音は風に乗り、風に変わり、というべきか、サーカスの中にあふれていく。オペラのクライマックスのような声量に、人々は圧倒された。

ざわざわと、波のような音が混じり始める。

スタンドの新聞紙が、地面に捨てられたチラシが、ダストボックスの中の紙クズが、包装紙《ほうそうし》が、一斉に飛び上がった。

「うぁっ！」

悲鳴をあげて、男が倒れた。顔を押さえた手の間から、血が流れている。紙に斬《き》られたのだ。彼のみならず、その場にいた男たちは皆、同様に倒れていった。

「がぁっ！」

思わず発砲した者がいる。弾丸は見当違いの方向に飛び、街灯《がいとう》の照明を割った。

紙片の幾枚《いくまい》かはビルの屋上、窓に飛び込み、狙撃班たちをも襲う。

エロスの像を中心に、紙風の渦《うず》ができていた。台風の中心は無風になるが、読子と王炎の立つ像の下にも風が及ばない。

凶風《きょうふう》は、やがて止《や》んだ。その後には、全身に切り傷を負った男たちが倒れている。中には切り離された手足も見える。

「ご苦労、凱歌。……ここはもういい。行け」

王炎の言葉に凱歌が頷《うなず》き、身を翻《ひるがえ》す。ひ、と見物人たちが割れ、彼から離れた。

ピカデリーの地面には、負傷者と血の渦が描かれている。エロスの像を中心に。

「ずいぶんと、歩きやすくなった。私もここでおいとま……」

王炎の首に、紙が当てられる。読子の抜いた、紙片だ。

「……動くと、斬ります」

読子はわなわなと震えながら、王炎を見つめている。視界の端《はし》に入る、血と負傷者をなるべく見まいと意識しながら。

「……斬れますか?」

王炎は眉《まゆ》一つ動かさず、読子を見た。

「……斬ります」

「あなたには、無理だ」

一歩、前に進み出る。その動きで王炎の首の皮膚《ひふ》が斬《き》れ、血が流れた。

「！」

むしろ怯《ひる》んだのは読子のほうだ。そのスキに、王炎は彼女の脇をすり抜ける。

「……髪を、盗ませてもらいます」

王炎は紙片を一枚取り出し、すれ違いざま、読子の髪をひと握り切断した。

「!?」

「『さらば華麗なおとめごよ……』、この国は狭く、慌《あわ》ただしすぎる」

王炎が唱えたのは、『髪盗み』の一節《いっせつ》だ。読子が振り返る。はらり、と幾本《いくほん》かの髪が地面に落ちた。

「……中国にて、会いましょう」

黒表紙の本を、開く。途端《とたん》、異変が起きた。

風が揺れ、地面が波打ち、樹が、人が、車が、サーカス周辺にあったすべてのものが浮かび上がった。読子一人を除いて。

まるで立体から煙に変わったように、それらはうねり、ねじられ、ただ一点へと引き寄せられ、紡《つむ》がれていく。王炎の持つ、本のページへと。

ドレイクは、屋上からそれを見ていた。

おとぎ話だ。おとぎ話のように周囲のものが、王炎の本に吸い込まれていく。

「…………………」

だが、これは悪い夢のような、おぞましいおとぎ話だ……。

あらゆるものから剝《は》がされた色が混じりあい、黒い煙となる。ふきつける風が読子の視界を覆《おお》う。紙をとりだしても、たちまちそれに奪われていった。

「……………！」

そうか。バッキンガム宮殿で起きたのはこれだったのだ。王炎は部屋ごと、女王を連れ去ったのである。

ごう、とひときわ強い風が吹き抜け、読子を跪《ひざまず》かせた。

「……………………ぁ、……はぁ……はぁ、はぁ……」

息が荒い。心臓がばくばくと鳴っていた。

「…………」

少しずつ、音が蘇《よみがえ》ってきた。人々のざわめき。車のクラクション。パトカーのサイレン。

「……ザ・ペーパー！」

野太《のぶと》い声が聞こえた。ドレイクだ。どうやら彼は無事だったらしい。

「………ドレイクさん……。王炎さんは……」

読子は頭を振って、立ち上がった。周囲を見回す。

「…………!?」

どこに立っているのか、と思った。目がおかしくなったのかとも思った。

三〇メートルほど向こうで、ドレイクが啞然《あぜん》と立っている。

読子は、白い円の中心にいた。エロスの像も、倒された負傷者も、アスファルトすらない、白い地面。色までもが王炎にひっぺがされた、白の空間。

ピカデリー・サーカスの中心、エロスの像があった場所は、白紙を置いたようになにもない空間となっている。

その上に、紙の上に置かれたように、ぽつんと読子が立っている。


ジョーカー、ミルズ、エリオットはモニターを見つめている。

白一色の中に、読子だけが残っていた。

ピカデリー・サーカスなど、最初から無かったように、そこは一面の白だった。

「…………残っている者へ。……ただちに、撤収《てっしゅう》します……」

ジョーカーは気力を振り絞《しぼ》り、マイクにそれだけを呟《つぶや》いた。

バッキンガム宮殿を、奇怪な音が襲った。

突風のような、雷のような、大きな音だ。

それは、女王の寝室から聞こえてきた。側近《そっきん》の老女は不安をおぼえ、警護の者をつれて、部屋に向かった。

本日、大英図書館と賊《ぞく》の間で、女王の身柄《みがら》引き渡しに関する取引が行われる、と聞いていた。しかし結果は、まだ宮殿に報《しら》されていない。

「…………」

老女はおそるおそる、扉を開いた。

「…………!?」

彼女のみならず、警護の者も目を丸くする。

女王の寝室は、元通りになっていた。三日前、誘拐《ゆうかい》事件が起きる前と同じだった。

壁の色も、調度品も、掛けられた絵画も、戻っていた。

そして大きな寝台の上には、老女が半世紀に渡って仕えてきた女王が、静かに横たわっている。その瞼《まぶた》が、うっすらと開く。

「陛下《へいか》!」

転がるように、老女がかけ寄る。

「ご無事で、ご無事ですか!?」

泣き叫ばんばかりの彼女の声を、女王は夢うつつ、といった体《てい》で聞いている。

「……夢を、見てたわ……」

「陛下？」

女王は静かに、口元に微笑を浮かべながら言った。

「ずいぶんと懐《なつ》かしい……おとぎ話の中に、入ったような……」

「……女王陛下は無事、お戻りになられたそうです」

特殊工作部のブリーフィングルームで、ジョーカーは複雑な表情を作る。

集まっている面々、読子、ドレイク、ジギーも同様だった。

「陛下のみならず、内装もすべて元通り、だそうです」

忌々《いまいま》しそうなニュアンスが混じっている。それはもちろん、王炎たちに向けられているのだが。

「……王炎さんは、あの本に陛下を閉じこめてたんです。ピカデリー・サーカスみたいに」

この期《ご》に及んで敵に〝さん〟をつける読子が、今のジョーカーには気に障《さわ》る。

「連中の能力は、我らの紙使いとは大きく異なる。技術よりも仙術《せんじゅつ》、超常的《ちょうじょう》な要素を多く含んでおるな」

ビデオを検証したジギーがつぶやく。

王炎や凱歌の紙ワザに対抗するには、新たな戦闘用紙の開発が急務といえた。

「そのためにも、グーテンベルク・ペーパーの解析《かいせき》を急がなければなりません」

ジョーカーが、テーブルの上で指を組んだ。

女王が戻り、グーテンベルク・ペーパーも手中にあるのだから、作戦はひとまず成功と言える。スタッフに犠牲《ぎせい》は出たが、ジェントルメンの許容範囲内だろう。

「……彼は、知人だったのですか？」

ジョーカーの視線に、読子が俯《うつむ》く。

「前に、ヘイ・オン・ワイで会ったことが……でも、それだけです」

「ヘイ・オン・ワイでも同様に、集団失踪《しっそう》と消失事件が起きてます。彼の仕業《しわざ》と考えて間違いないでしょう。ただ気になるのは、なぜ読子、あなただけを残していったのか……？」

それは読子にもわからない。本の中に閉じこめれば、一瞬で片《かた》が付いたはずだ。

「いずれにせよ、更なる襲撃が無いとも思えません。特殊工作部はジェントルメンに、本部の移動も申請《しんせい》しています。それまでにも、グーテンベルク・ペーパーの分析《ぶんせき》を」

「わかっておる」

ジギーがグーテンベルク・ペーパーのプレートを、テーブルの上に置く。

「が、フェイク作成の段階で、開発部の仕事はほぼ終わった。後は、ファウストの受け持ちじゃのう」

読子がプレートと、モニター上に再現されたデータ付きモデルを見比べる。

「で、あの小僧は今、どこまで進んでるんだ?」

ドレイクがジョーカーの顔を見た。ジョーカーに、わずかな動揺《どうよう》が生まれる。

「それを報告するよう、呼び出したのですが……」

ジョーカーは、テーブル上のフォンを押す。

「ミスター・ファウスト? 皆様お待ちです。お越しください」

読子はじっと、モニターを見ている。

「ミスター? 監視員のかた、いませんか?」

ファウストの研究室からは、答えが無い。

「……ジギーさん」

読子が、ジギーの白衣を引っ張った。

「なんじゃ?」

「……モニターのモデルって、本物ですか? フェイクですか?」

「本物に決まっておろう。フェイクのデータなど、映してもしかたあるまい」

読子はぱっ、とテーブル上のプレートを手に取った。

「読子……?」

ジョーカーが、読子の不審な態度に眉《まゆ》をしかめる。

読子は顔を上下させ、何度もモニターとプレートを見比べた。

「……これ、フェイクです……」

「!?」

　全員が、立ち上がった。

「バカな!?　今朝《けさ》、何度もチェックして搬出《はんしゅつ》したんじゃぞ!?」

　ジギーの声も震えていた。

「間違いありません……折り目や、皺《しわ》の位置が……」

　読子は拡大された画面と、手元のプレートの差異を指で指し示す。

　その時、フォンの呼び出し音が鳴った。

「……ジョーカーです」

『ジョーカーさんっ!?　ウェンディです！』

　悲鳴にも近い大声に、ジョーカーは思わず眉《まゆ》をしかめた。

『ファウストさんの監視員が、倉庫に監禁《かんきん》されてました！』

　ウェンディの報告は、全員の耳に届いた。

「ファウストは!?　どこです！」

『今、探してますが……見つかりません！』

　ジョーカーが、がっくりと椅子《いす》に座りこむ。

「……………………そんな、バカな……」

特殊工作部、大英図書館、大英博物館のどこにも、ファウストの姿は見つからなかった。監視員は解読中のファウストを見張っているうちに突然意識を失い、気がついた時はもう倉庫にいた、という。

読子が指摘したプレートは、連蓮《りんりー》をトラップにかけた時のものだった。

ファウストは、本物のグーテンベルク・ペーパーと共に消えていた。王炎との取引で特殊工作部が手薄になったスキをついての、行動だった。

おそらく、ジギーの研究室に出入りしている間に薬品を集め、睡眠効果のある薬を調合したのだろう。

「……しかし、なぜ……グーテンベルク・ペーパーを持って、どこへ？」

衝撃を隠せないジギーに、ジョーカーが説明する。自分でも非常に忌々《いまいま》しいことだが、推測できてしまうのだ。

「おそらくは……読仙社」

「正気《しょうき》か!?　敵じゃぞ!?」

「我々にしたところで、彼の味方ではありません」

そうなのだ。ジェントルメンの下にいる限り、ファウストに自由はありえない。ならば、グーテンベルク・ペーパーと共に読仙社に寝返るほうが、まだ可能性はあるだろう。

「グーテンベルク・ペーパーを解読できるのは、僕しかいない」とは真実だし、読仙社にしてもノドから手が出るほどほしい人材なのだから。

王炎たちが、誘拐《ゆうかい》から四八時間という時間をおいたのも、ファウストに接触する工作のためだったのかもしれない。

王炎ほどの紙使いが、ニセモノのプレートをやすやすと受け取ったのも、ファウスト脱出の時間を稼《かせ》ぐためだったのかもしれない。

そしてもちろん、特殊工作部に精神的な打撃を与える意味もあっただろう。

発覚すれば、無論ただではすまない。

それでも、一人で周到に特殊工作部を罠《わな》に落としたファウスト。

そして、同胞《どうほう》を殺した彼を、任務のためとはいえ受け入れた王炎たち。

「……完敗じゃ……」

ジギーはつぶやいた。両者とも、感傷や、にわかに生まれた連帯感の通じる相手ではない。目的のために燃やす執念と、相手の裏の裏をかくという発想。

敵は外にあり、また内にもあった。

特殊工作部は、まんまと彼らに出し抜かれたのだ。

ファウストは、ご丁寧《ていねい》にもグーテンベルク・ペーパーのデータを消去していった。特殊工作部に残されたのは、読子が見ていたモデル画面とフェイクだけだ。

モデル画面は片面だけだし、残されたフェイクもスペルを組み替えてあった。

〝グーテンベルク・ペーパー〟作戦は、完全に暗礁《あんしょう》へ乗り上げた。

「こういう言い方は紳士的ではありませんが……、あのガキ、今度見つけたら、ぶっ殺してやりたいですね」

ジョーカーが、疲労の色濃くつぶやく。出世のチャンスは崩《くず》れさった。事と次第によっては、あの盗聴《とうちょう》データを使うしかない。だが、今ジェントルメンが、交渉《こうしょう》に応じるだろうか？

一言《いちごん》の下《もと》に〝処理〟されても、不思議はないのだ。

「…………………………」

絶望に沈む特殊工作部で、読子は思い出していた。

取引前夜、ファウストとかわした会話。

そして取引の場所で、王炎とかわした会話。

凱歌に倒された犠牲者《ぎせいしゃ》を前にして、また自分は躊躇《ちゅうちょ》してしまった。

「あなたには、無理だ」

王炎は自分を見抜いていた。

ふと、髪に手をやる。そこだけ短い箇所《かしょ》がある。王炎に盗まれた部分だ。

「中国にて、会いましょう」

王炎は、そう言い残して去った。

「…………………」

胸の底に、もどかしさが残っている。

ミステリーの最後が破り取られているような。クイズ本の答えが塗りつぶされているような。恋愛小説のクライマックスが、落丁《らくちょう》しているような……。

「悩むんだな。今の何百倍も悩め。そして自分の真実をつかんだら、教えてくれ」

ファウストは、そう言い残した。

特殊工作部を騙《だま》した彼だが、あの時、二人で交わした会話は不思議と嘘《うそ》に思えない。

そう、自分はまだなにも、答えをつかんでいないのだ。

そしてこのままでは、なにもつかめないままに、終わってしまうのだ。

「ジョーカーさん」

読子が口を開く。

「はい？」

「以前、おっしゃいましたよね。読仙社を探っている、エージェントがいるって」

北海《ほっかい》からグーテンベルク・ペーパーを持ち帰った際、ジョーカーは読子とドレイクに、読仙社について説明した。

その時に「別のエージェントが背後を探っている」と言ったのだ。

「ええ、います。……中国にて、潜伏《せんぷく》中です」

「その方と連絡を取ってください」

声にこめられた決意の響きに、男たちが読子を見る。

「なぜですか?」

「私、中国に行きます」

読子はぐ、と握り拳《こぶし》を作り、テーブルの上に置いた。

「やられっぱなしなんて、悔しいです。犠牲《ぎせい》になった人たちだって、報《むく》われません。私、中国に行って、グーテンベルク・ペーパーを奪い返します!」

見たことのない読子に、全員が意外そうな顔になる。

自分たちがショックから立ち直れないのに、あの読子が一人気を吐くのは驚きだった。およそ本以外に、強い主張を見せたことのない読子が……。

く、く、とジギーが笑った。

「ジギーさん」

「なるほどなぁ。確かに、読子の言うとおりよ。英国の、特殊工作部のと言うよりも、人のウチをかきまわされて黙っておる手はあるまいて」

「……攻撃は、最大の防御《ぼうぎょ》ともいうしな」

「ドレイクさん」

二人の賛意を、読子は感じ取った。

ジョーカーは、しばし考えた。

確かに。この失地《しっち》を回復するには、攻撃に転じるしかない。グーテンベルク・ペーパーを奪い返せば、まだジェントルメンにアピールする余地もうまれるというものだ。

どのみち、今のままではジョーカーに未来はないのだ。

「……早急に、奪回《だっかい》作戦を立案《りつあん》しましょう」

「ジョーカーさんっ！」

「しかし、これは我々の、最後のチャンスです。失敗すれば、特殊工作部はほぼ間違いなく解散、となるでしょう」

読子が息をのむ。特殊工作部の運命が、今まさに彼女の両肩にかかろうとしているのだ。

「望むところよ。あらゆる特殊紙を、用意してやるわ」

ジギーがけくけくと笑った。

「今回に限り、料金は格安にしといてやるぜ。俺もあの男には、借りがあるしな」

ドレイクも、紙飛行機で攻撃してきた王炎に含むところがあるらしい。

「いいでしょう」

ジョーカーが立ち上がる。読子、ジギー、ドレイクもそれに続いた。

「特殊工作部は、奪われたグーテンベルク・ペーパーと、踏みにじられた誇りを取り戻すために、最終作戦に入ります！」

いつもは冷静なジョーカーの口調に、熱がこもっている。これが人生の正念場《しょうねんば》だということを、自覚しているのだ。

「作戦名は、〝グーテンベルク・ペーパー奪回《だっかい》作戦〟。では全員、準備に！」

四人はそれぞれに、強い足取りで部屋を出ていった。


柔らかい月光が、部屋に差し込んでいる。

女王は、うとうととしたまどろみから覚めた。

夜の空気が、今、彼女がいるのが現実だと教える。

ここ数日、彼女は夢の中にいた。懐《なつ》かしい、夢だった。何十年も味わったことのないような、安らぎに満ちた夢だった。

あのまま、夢の中にいられたら、どんなに素晴らしかっただろう。

視界に入る腕は、皺《しわ》だらけだ。鏡を見るまでもない、顔も年輪の中に埋《う》もれている。

王室にうまれて育ったが、歳《とし》を経ることからは逃れられない。

人より快適な寝台に横たわってはいるが、それだけの話だ。若さを取り戻せるのは、他者と同じく、夢の中だけである。

「……………………」

月光に反射する、光が見えた。

「…………？」

それは、絵画の額《がく》に挟《はさ》まれた、白い封筒だった。見覚えのない封筒だ。

女王はゆっくりと寝台から降りた。裸足《はだし》に、ひやりとした床の感触が心地《ここち》いい。

封筒を抜き出す。署名は無い。白一色の、どこにでもある封筒だ。

窓際《まどぎわ》のチェアーに座り、ペーパーナイフで封を切る。慎重《しんちょう》に、指を傷つけないように。それだけの動作が、つくづく老《お》いというものを感じさせる。

中には数枚の便箋《びんせん》が入っていた。

四つに折られたそれを、静かに広げる。紙面に、月の光がこぼれた。

「…………………」

瞳が、並んだ文字を追っていく。

『……わが、不滅の恋人へ……』

どう、と感情があふれた。

差出人は、もう半世紀も前に会った男だった。大英博物館の奥に囚《とら》われていた、神秘的な相手だった。

ほんの短い間ではあったが、彼女は彼と逢瀬《おうせ》を重ねた。

触れることすらなく、ただ会話をかわすだけだったが。

想いは会うたびに募《つの》ったが、二人は、決して交わることのない人生をそれぞれに歩んでいた。それは、誰に言われずともわかっていた。
あの頃の。
あの頃の感情が、たった数枚の便箋《びんせん》で鮮烈に蘇《よみがえ》った。
「……まあ、まあ……」
誰知ることなく、英国の女王は月光の下で涙を流した。
手紙の文字が、落ちた涙でわずかに滲《にじ》んだ。

第四章『ワッツ・ユア・ネイム？』

人口一三〇〇万、中国の首都、北京《ペキン》は国内第一の観光都市としても知られている。故宮《こきゆう》博物院、万里《ばんり》の長城《ちようじよう》、天安門《てんあんもん》広場、歴史の舞台となった名所を求めて、外国からも多くの観光客が訪れる。美術、歴史、食文化、景観、その他と目的はそれぞれだ。

一〇〇〇年の歴史を持つ古都、とイメージを抱きながらやって来た彼らの一部は、その街並みにあふれるマクドナルド、スターバックス、ケンタッキーフライドチキンのネオンと看板を見て驚く。

資本化の進む中、北京は急速にその姿を変えているのだ。

そんな柔軟《じゆうなん》な姿勢と古くからの伝統、そしてあふれんばかりの人民パワー。

他のどこにも無い独特な活気が、ここにはある。

「すみません……とおしてくださいっ……」

北京の路上は、人と自転車でごったがえしている。

人だかりの中には大道芸人《だいどうげいにん》も多い。一輪車で曲乗りを見せる女性に、観客が拍手を送っている。

そんな中をかきわけかきわけ、進んでいる女がいる。

メガネにコート、後ろ手にカートを引きずる、野暮《やぼ》ったい外見の女だ。

言わずとしれた、読子《よみこ》・リードマンである。

どこに行っても変わらないスタイルは、しかし北京の風景には妙に馴染《なじ》んで見える。やはり外見が同じアジア系に寄っているからだろうか。


女王誘拐《ゆうかい》事件から一〇日後。

ジョーカーは、ジェントルメンから正式な〝グーテンベルク・ペーパー奪回《だっかい》作戦〟の承認を得ることができた。

ただし、彼の予測どおり、これは特殊工作部にとっても最後のチャンスである。失敗はすなわち、解散を意味している。

もっとも、グーテンベルク・ペーパーが入手できなければ、英国の権勢図は大きく変わる。大英《だいえい》博物館、大英図書館の存続自体もどうなるかわからない。

敵地へ潜入して、グーテンベルク・ペーパーを奪回する。

本作戦は、難易《なんい》度において特殊工作部史上最高のものとなる。

場所が中国である以上、ドレイクやジギー、ジョーカーといった白人勢《ぜい》のサポートは容易にバレる。後方《こうほう》支援はするものの、任務の大半が読子にかかってくるのはどうしようもない事実だ。

なおかつ、敵はピカデリー・サーカスにてその能力をまざまざと見せつけた、数段上の紙使い。他にもどんな能力者を擁《よう》しているかも不明のままだ。

こうして書き連《つら》ねていくと、読子の任務達成は絶望的にも思えるが、それでも一条《いちじょう》の希望はある。

それが、ジョーカーが以前から送りこんでいるエージェントの協力である。

あの広大《こうだい》な中国で読仙社《どくせんしゃ》の動向をつかみ、なおかつ捕らえられていない、というのは、実は相当に凄《すご》いことだ。

加えてそのエージェントは、潜入工作の専門である。戦闘に長《た》けた読子と互いに補《おぎな》いあえば、グーテンベルク・ペーパー奪回の可能性はある、というのがジョーカーの見方だ。

ジョーカーは、かつてないバックアップ態勢を整えながら、読子を中国へと送り出した。

ジギー率《ひき》いる開発部も、短期間で新たな戦闘用紙を仕上げ、読子に渡した。ファウストによる裏切りが、逆に発奮《はっぷん》材料になったのかもしれない。

ねねねは例によって同行を希望したが、今回ばかりは厳しい読子の態度に、しぶしぶ引き下がった。

読子は彼女を帰国させるよう申し出たが、ジョーカーは「事件が解決するまで、特殊工作部の保護下にいたほうがいいでしょう。万が一の事態もありますから」と提案した。

かくしてねねねの護衛《ごえい》にはウェンディが割り振られ、生活を共にすることになった。

この提案は、実は裏の意味を持っている。ジョーカーは、ファウストのみならず読子が読仙社に寝返らないよう、ねねねを人質《ひとじち》として手元に残したのだ。無論、誰にもうち明けてはいないが。

ドレイクは、支援の傭兵《ようへい》チームを編成し、後から読子に合流することになっている。


そして今、読子・リードマンは北京の地に降り立った。

任務のため、世界各所を回った読子であるが、中国は初めてだ。この地にて、潜入しているエージェントと接触、合流することが第一の任務である。

その合流地点に指定されたのが、ここ北京の長安街《ちょうあんがい》だった。天安門広場に通じる、北京のメインストリートだ。

心細いことではあるが、読子はエージェントのデータをジョーカーから貰《もら》えなかった。向こうが読子を見つけ、接触してくるという手はずになっている。

潜入、調査という任務を専門とするエージェントは、味方にしても自分の情報が漏《も》れるのを嫌うのだ。

「とはいえ……こんな中で、本当に見つけてもらえるんでしょうか?」

読子は行き交う人の波と、自転車の列に圧倒された。

旗でも立てない限り、この中で誰かを探しあてるのは不可能に思える。

「……私の情報は、向こうにいってるんでしょうけど……」

どうせジョーカーのことだ、「メガネ。長髪。だぼっとしたコートにだらしない印象で、カートをガラガラと引きずってる」などと、真実でありながらデリケートさに欠けるメモでも送ったに違いない。

うろうろと、辺りを見回す。

「!?」

王炎《おうえん》に似た背格好の男を見て、一瞬びくっと身を震わせた。

「…………………………」

そうなのだ。ここは、もう敵地なのである。どこからいつ、読仙社が襲ってくるかわからないのだ。

変装という手段も考えたのだが、どんな格好をしても、メガネをかけるとかえって不自然になるので止《や》めた。

メガネを外す、という発想は読子にはない。

これはドニーのメガネだ。これを外すのは、ドニーと別れることである。それは読子にとって、耐え難《がた》い苦痛なのだ。

それに、いざ戦いという時にメガネが無いと身動きがとれない。コンタクトレンズは付ける気にならない。

エージェントらしからぬこだわり（好き嫌い、ともいう）を多々持っている読子・リードマンだった。

読子は地図を広げ、現在位置を確かめた。

「えっと、あっちが中南海《ちゅうなんかい》、だからぁ……」

地図の文字を眺めていると、北京図書館の名が飛び込んできた。

「………………………」

思わず生唾《なまつば》を飲み込んでしまう。

ここ数週間、任務のせいもあって読子の読書時間はきわめて少ない。

ましてや北京図書館といえば、世界でも大英図書館に並ぶほど有名な図書館だ。

それが、今立っている地にあるのだ。

読子が迷うのも、当然であった。

「……いや、いやいや。任務が第一です」

顔をそむけ、誰にともなく、つぶやく。もちろん、自分に言い聞かせているのだ。

それでも、チラチラと横目で見直してしまう。

「……いけません。そんなところに行ったら、何日過ごしちゃうかわからないし。だいたい、エージェントの人が私を見つけられないじゃないですか」

どうにか、意志で欲望を抑えたと見える。やはり特殊工作部の命運がかかっている、という自覚があるのだろう。

「……とりあえず、進んでればいいんですよね……」

天安門広場方面に向かって歩き出す。

ふと気づくと、道の脇には露店《ろてん》が並んでいる。衣料品に食物、工芸品。人だかりもそこかしこにできている。こうした活気が、今の中国のエネルギーの根底となっているのだ。

「…………あっ！」

ぼーっと眺めながら歩いていた読子だったが、視界に入ってきた店に、思わず声が上がってしまった。

それは、大きな板の上に雑誌や文庫を並べただけの、簡単な本屋だった。

「本っ！」

しかし読子にとっては、他のなによりも興味をそそられる店舗《てんぽ》なのだ。年頃の女性が、海外の有名ブランドショップに飛び込むようなものだ。

「うわーっ、うわーっ。こんなふうに、売ってるんだ……」

突然飛び込んできた読子に、露店のオヤジが怪訝《けげん》な顔を作る。目を輝かせ、涎《よだれ》を垂らさんばかりに雑誌を見つめる女など、見たことがないからだ。

中国の露店《ろてん》で売られている本には、探偵《たんてい》ものやミステリーなどの翻訳《ほんやく》、伝記や芸能ものなどが多い。人々に広く好《この》まれ、親しまれる本が手軽に買えるのだ。

「あー、どうしよう。どれがおもしろいんだろ」

吟味《ぎんみ》するように、両の手で本を持った時である。

「…………………！」

夢中になっている読子の後ろに、一人の男が近寄った。

男は、読子のカートに手をかけ、そのまま持って駆けだした。

「ひぇっ？」

読子が振り向く。もう男は数歩先を、カートを手に走っている。

「あのー…………それ、私のー！」

状況を理解した読子が、本を持ったまま走りだそうとする。

「それ、俺のだ！」

万引《まんび》きか、と店主が読子のコートをつかむ。

「えひゃい！」

読子はそのままこけてしまった。ざわざわと、周囲に人だかりができる。

「通してくださいっ！」

その間にも、男は走っている。ひったくりが専門なのか、みるみる距離が開いてしまう。カートの中には、開発部の特殊用紙や本が詰まっている。こんなところで奪われては言い訳もできない。

読子は大声をはりあげた。

「待ってーっ！　誰か捕まえてーっ！」

紙を飛ばして仕留《しと》めようかとも思ったが、通行人がジャマをして不可能だ。

その時、群衆の中から曲芸のように、高く飛び出た影があった。

「!?」

影は上海雑伎団《シャンハイざつぎだん》のように軽《かろ》やかに回転し、走り去ろうとする男の前に着地した。

「なんっ……？」

ショートボブに白い肌。妙齢《みょうれい》の美女である。

男は瞬時、その美しさに見とれたが、すぐに、

「どけっ！」

突き飛ばそうと、手を伸ばした。

美女はにっこりと笑い、その腕を取った。

「げくっ!?」

肘《ひじ》の関節を逆に決められて、男が悲鳴をあげる。よろけた足を払われて、地に伏せる。

たちまち背中に、彼女の膝《ひざ》が落ちてきた。

この間、わずか一秒。目にも留まらない、早業《はやわざ》だった。

「がぁっ!?」

捕まったことさえわからない男が、ただ苦痛の声をあげる。

「往生際《おうじょうぎわ》が悪いわよぉ。……あんまりうるさいと、折っちゃうから♪」

じたばたと暴れる男に、ささやくように警告する。艶《つや》のある声が、余計に恐怖を感じさせた。

「あっ、ありがとーございますーっ!」

読子がわたわたと、走り寄ってきた。盗まれかけていたカートにしがみつく。

「…………………………」

女が、無言で読子のほうを見た。男から腕を離し、身体《からだ》を起こす。解放された男は悲鳴をあげながら這《は》い去ったが、もう女はそのほうを見ようとしなかった。

「ほんっとに、助かりました! あの、お礼になにか、本を奢《おご》らせてくださいっ!」

ぺこぺこと礼をする読子を、女は見つめた。

「……………あの?」

「……メガネ。長髪。だぼっとしたコートにだらしない印象……、カートをガラガラ引きずってる……」

大王

指さし確認しながら、読子の特徴をつぶやく。

「え？」

女は最後に、読子の胸元をぴたりと指した。

「……ムダな、巨乳」

「む、ムダでしょうか、やっぱり……？」

思わずしげしげと見下ろしてしまう読子だった。女はふふん、と笑って、言った。

「……ま、私のほうが大きいけど」

なるほど、服の上からでもわかる。確かに豊かな胸元《むなもと》だ。

「はぁ……」

「あなた、読子・リードマン？」

いきなりの名指しに、読子が口を丸くした。

「どうして!? あ、ひょっとしてあなた……」

話がここまで進めば、さすがに読子でも思い当たる。

「そう。大英図書館特殊工作部の雇《やと》われエージェントよ。ジョーカーに言われて、あなたを探してたの」

相手が女性とは思わなかった。しかもこれほど美人で、見事な体術《たいじゅつ》の使い手とは。

「ああっ、私、読子・リードマンですっ！　よろしくお願いしますっ！」

大声で挨拶《あいさつ》してしまう読子だ。まがりなりにもエージェントが、こんな人混《ひとご》みの中で堂々と本名を名乗ってもいいのだろうか。

まあ、読子はかつてBBCのインタビューまで受けてしまった身だから今さら、の感もあるが。

女はそんな読子をやれやれ、と苦笑しながら見て、握手の手を差し出した。

「中国にようこそ。読子・リードマン。私はナンシー・幕張《まくはり》よ」

「！　よろしく、ナンシーさんっ！」

読子はしっかりと、差し伸べられた手を握った。

エピローグ

英国が生んだ最も有名な名探偵《めいたんてい》、シャーロック・ホームズ。

ホームズと彼の相棒、ワトソンはベイカー街の二二一b番地に住んでいた。

現在そこには記念プレートが埋め込まれ、世界中からやって来る彼のファン〝シャーロッキアン〟の聖地となっている。

ベイカー・ストリートの駅前にはホームズの像も置かれ、博物館までもが営業している。

この、推理小説と現実の入り混じった場所に、ジョエル・グリーンのアパートはある。

別に赤毛連盟《あかげ》もいない、阿片窟《あへんくつ》もない、普通のアパートだ。一日の大半を新聞社で過ごし、ほとんど眠りに帰るだけの場所である。

ジョエルは数日ぶりに、そのアパートに帰ってきた。

このところ、ロンドンで起きる怪事件の数々は、『ネイバーズ』にとっても格好の取材ダネだった。

テムズ河に出現した竜を皮切りに、大英《だいえい》図書館で起きた大量殺人、ピカデリー・サーカス消滅事件と、各新聞の一面記事は、まるでゴシック・ホラー映画の新作予告だ。これで切り裂《さ》きジャックでも復活すれば、ロンドンの空気は一九世紀に逆戻りだろう。

「こんな時こそ、ホームズの出番じゃないのかね」

少しも明らかにされない事態に、ジョエルは多少イラついていた。政府の発表は表層的で、日に日にそれも少なくなっている。

ジョエルは直感で、この一連の事件の裏には大英博物館、あるいは大英図書館が関係してると目をつけたのだが、カギは一向につかめない。

すっかり硬くなった肩を上げ下げしながら、彼はアパートのドアを開けた。

数日前と同じ惨状《さんじょう》だ。

ウイスキーの空《あ》き瓶《びん》、タバコのカラ袋、丸めた新聞。

独身者の荒廃《こうはい》した生活、その物的《ぶってき》証拠が並んでいる。

「…………まあ、ヘロインに手を出さないぶん、ホームズよりマシか」

ジョエルは独《ひと》り言《ごと》をつぶやいて、ソファーに倒れた。

ベッドの上は、既《すで》に人間が寝るだけのスペースを残していなかったからだ。

瞼《まぶた》を閉じて、ものの数秒で意識が遠くなる。

せめて今だけは、スクープのことを忘れよう。

だが、その時。

「……ここ⁉　なに、あたしんトコより広いじゃん！」

「読子《よみこ》さんってば、こんなところにアジトを持ってたんですねー！」

「うわ、見て、本ばっか！」

けたたましい声が、隣室から聞こえてきた。

「！」

思わずはね起きてしまった。

隣は、もう長い間無人だ。それでも次の借《か》り主《ぬし》が入らないのを見ると、自分同様に帰ってこないだけかもしれないが。

時々、妙に野暮《やぼ》ったい女が出入りしているのを見るが、生活音はほとんど聞こえない。

「ポルターガイストじゃあるまいな」

こんな昼間から幽霊もないだろうが、それでもジョエルは耳をすませた。

すませる必要など無かった。

「寝るとこないよー。どうしてここなの？」

「読子さんが、ここに行けって言ったからですよ！」

黄色い声は、彼の持つソニー製のコンポよりも大音量で、彼の耳を攻撃したのである。

いったいなんだ⁉

声は聞こえたが、ジョエルはその内容まで理解できなかった。

交わされているのが、異国の言葉だったからだ。

彼が日本女性に興味があれば、その言葉が日本語だと気づいたかもしれない。

だが自国の女性を愛する彼にとって、それは甲高《かんだか》く、やかましい二人の少女の声にすぎなかった。

「……………………」

文句を言ってやろうかと思ったが、二人の女性を相手に口げんかになったら、まず勝てそうにない。それだけの気力が残ってない。

ジョエルは平和的に、イアーウィスパーを耳の穴に突っ込んで、シーツを被《かぶ》った。

体力を回復させたら、大英図書館にでも出向こう。

誰か口の軽そうな女をとっつかまえて、秘密を聞きだそう。


中国に出発する前。

読子はねねねとウェンディに、とあるアパートの住所を教えた。

それはジョーカーにも、ドレイクにも秘密のものだった。

「なぜですか？」と訊《たず》ねると、「あまり、知られたくないので……」と言葉少なに笑った。

そのリアクションで、この部屋が読子にとって、特別なものだとわかる。

読子はねねねに、そこに泊まるように言った。

ずっと特殊工作部の宿泊室では息もつまるだろうし、ウェンディの部屋というのも迷惑だろう、と考えたのだ。

ねねねはそんな読子の心遣いが有り難《がた》かった。決して口には出さないが。

読子がいつ、任務を終えて中国から帰ってくるかはわからない。だが、待てる限りは待とうと思う。

すべてが終わったら、一緒に日本に帰ろうと思う。

そしてまた、神保町《じんぼうちょう》で過ごそうと思う。

それが、ねねねの希望なのだ。

退屈を嫌い、刺激を求める自分だが、側《そば》に読子・リードマンという妙な女がいないと、どうにも落ち着かなくなってしまったのだ。

「なんだか、押し掛け女房みたいですね」

「へっどばっとぉ！」

気色《きしょく》の悪いことを言うウェンディを、ねねねは頭突《ずつ》き一発で沈黙させた。

「……でもここ、先生の部屋なのかな？」

「カギを持ってたんだから、そうじゃないんですか？」

「だけど、ネームプレートは『D・N』ってなってたよ」

観察眼は、やはりねねねのほうが鋭い。

「……D、N……あっ」

幾度《いくど》かリフレインして、ねねねはその意味に気づいた。

ドニー・ナカジマ。読子の恋人だった男の名前である。

ねねねは以前に、その名前を聞いている。

改めて、部屋の中を見渡す。

本本本、すべて本。読子の部屋と、まったく同じだ。

景観だけではない、漂う空気も似ている。

本が散らばっていながら、どことなく穏《おだ》やかで、訪れた者を安心させるような。

部屋の持ち主の性格を、表しているような……。

「そっかぁ……」

ねねねは、一人で納得した。

「なにが、そっかなんですか？」

ウェンディが、隣から覗《のぞ》き込んでくる。

「ここ、先生の恋人だった人の部屋なのよ」

「読子さんに、恋人がいたんですか！」

まあ、普通に読子を知っている人間なら、驚きだろう。

ウェンディは早くも興味に瞳を輝かせているが、ねねねはあまり細かく説明するのを避けた。

実際、自分も知ることは少ないし、読子のデリケートな問題に触れることになるからだ。

「でもなんか、そうなると、……遠慮《えんりょ》しちゃうよねぇ」

言ってみれば、二人の〝秘密の花園〟だろう。そこに居座るのも、なにか居心地《いごこち》が悪い。

普段、ふざけて乱暴に接してはいるが、そういう部分には却《かえ》って遠慮するねねねだ。

同時に、そこまで読子が心を開いてくれたのが、嬉《うれ》しくもあるのだが。

「ウェンディ、やっぱあんたんトコに泊めてくんない？」

「え？　まあ、いいですけど。でもウチ、ベッド一つしかないですよ」

「いいじゃん。一緒に寝れば。女どうしなんだし」

「えーっ!?　女どうしだからヤなんじゃないですかぁっ！」

「うわ、このスケベ」

二つ年長、それも他国人とは思えないほどの仲良しぶりだ。あくまでカタコトなので、ニュアンスが完全に伝わりきらないところがまた、仲を親密にしているのだろう。日本でもこれだけ仲がいい友人は、河原崎《かわらざき》のりと三島晴美《みしまはるみ》ぐらいだろう。

しかし考えてみれば、会話は大半日本語で行われているのだ。なんだかんだ言ってもウェンディの語学力には、ねねねも一目《いちもく》置かざるをえない。

「やっぱ、学ぼうって姿勢は大事なんだなー……」

ただいま休学中のねねねとしては、影響されること大である。

作家としてやっていくからには、学校で教えられる学問よりも社会勉強のほうが身になる、と決断したのだが、大切なのは目的意識である。

「……帰ったら、復学も考えよーかな」

異様な状況に置かれながら、真面目《まじめ》に目覚めていくねねねだった。

「じゃ、どうします？　ウチ来ます？」

ぶつぶつと一人ごちるねねねに、ウェンディが声をかけた。

「そうだね。先生には悪いけど、そうしよっか」

二人が、ドアに向かおうとした時だ。

ねねねの視界に入った本棚《ほんだな》に、それはあった。

「……あ」

それは、ねねねの著作だった。

処女作の『君が僕を知ってる』から、ズラリと並んでいる。

「あー……」

二冊ずつ、整然と並べられている。おそらく読子のぶんと、ドニーのぶんなのだろう。

「？　どしたんですか、ねねねさん？」

「あたしの本……あった」

読子が自分のファンであることは知っている。が、こうして実際に本棚《ほんだな》に並んでいるところを見ると、また別種の感動がある。

自分の書いたものが、確かに読者に伝わっているという実感。

それが、今のねねねを包んでいる。

「待ってる間も、退屈だろうしねー。なにか、書いてようかな」

「あ、いいですね、それ。読子さん、喜びますよ」

中国から戻ってきた読子を、できたての新作で迎える。

そんなアイデアに、ねねねは興奮した。

「うっしゃ。なんかふつふつと創作意欲が湧いてきた！　行くぜ、ウェンディ！」

「はいっ」

その時、二人の側《そば》にあった本の山が崩《くず》れた。

長年積み上げていたものが、バランスを失って倒れたのだ。

「あ」

なんとなく自分のせいのような気になって、ねねねは本をバサバサとまとめあげる。

「なにやってんですか、もう……」

「なによっ。あたしのせいじゃないいっ」

手伝うウェンディにいーと歯を剝《む》く。しかしその手が、ぴたりと止まった。

「ねねねさん？」

「…………………」

山の中から現れたのは、一冊の日記帳だった。表紙の上で、埃《ほこり》が模様を作っている。

どれだけの間、開かれなかったのか。

その下に、日記をつけた者の名前が書かれていた。

流れるような筆跡《ひっせき》で、『ドニー・ナカジマ』と。

（つづく）

あとがき

五巻であります。

表紙の中華的イラストを見て大陸活劇などを期待した人もいらっしゃると思いますが、本編の舞台はその大半が英国という内容になりました。

いえ、本当はこの巻、半分は中国篇だったはずなのです。プロットではそう書きました。敵地に乗り込んだ読子の雑伎団《ざつぎだん》的アクションも予定しておりました。

それが書き始めてみると、英国メンバーたちがわれもわれもと語りだし、ピカデリー・サーカスに至るまで予想外の枚数がかかってしまったのです。美麗《びれい》なるイラストを描きおろしてくださった羽音さん、中国関連の資料を集めてくださった編集の千葉さん、丸宝さんにはこの場をかりてお詫《わ》びいたします。いやまあ、資料は次でも使うし、みたいな。

前にも書きましたが、小説版の『R．O．D』に関してはほぼまったく、と言っていいほど先のことを考えてません。よく言えば（自分でも）予測のつかない展開、悪くいえば行き当たりばったりのフィーリングで実に楽しく書かせていただいてます。今回はその最たるものでしょうか。なにしろナ〇シー（一応、伏せ字）の登場を思いついたのは原稿を渡す前日のことでしたから。

まあ、本作の執筆に関しては〝思いついたことはやってみよう〟という姿勢に決めましたので、後悔《こうかい》や反省などは感じないのですが。

それはひょっとして今でなく、次巻を書く時に感じるのでしょうか。いやいやきっと、更なる予想外な展開を思いつき、そんなものはすっかり忘れ去ることでしょう。この不況日本で貯金残高以外はポジティブな私です。

とはいえ、展開がワールドワイドに広がっていることで、読子にあまり本を読ませられないことが少々悩みの種でもあります。

アクションも書いてて楽しいのですが、やはり読子の本質は愛書狂《ビブリオマニア》。本屋や古書市《こしょいち》をうろついて好きな本を手にいれる、そんな本好きならではの悦《よろこ》びを書く、というのも『R.O.D』でやりたかったことですので。短編でも書いてネットで発表しようかしら。

あ、あと。今回の原稿を渡した後、編集部から「ＭＩ６《エムアイシックス》ってもうありませんよ」との指摘を受けました。

「いえいえそうではないのです。英国でスパイといえばやっぱりジェームス・ボンド。あとバンコラン。つまりは諜報部《ちょうほうぶ》。これは切っても切り離せないのです。無くてはならないのです。だから、〝この世界ではある〟のが正しく、当然なのです。前にも書いてるし」

と説明させていただきました。そしてもちろん、家に帰っておのれの無知さに転げ回りました。まあ、それを言うなら特殊工作部だって読仙社《どくせんしゃ》だって無いからな、とは二分後に出た結論です。そう、これからも『R．O．D』は無知と過《あやま》ちを恐れず突き進むのです。ひたすらストーリーを予想外にするために。その結果として内容がオモシロくなるのなら、それが最優先されるべきなのです。そうに決まっているのです。と、その夜は自分を納得させてフロ入って寝ました。

そんなグワイですので、次巻がいつ出るのか、どんな内容になるのか、ちぃとも予告できません。

それでも人生を削《けず》り、業《ごう》をこめて執筆いたしますので、ふらりと本屋さんに立ち寄った時、書棚《しょだな》に並んでいたら「ああ、出てたのか」と手に取っていただければ幸いです。

ではまた、いつか。あなたがいきつけの本屋さんにて、お待ちしております。

倉田英之

この作品の感想をお寄せください。

あて先　〒101-8050
東京都千代田区一ツ橋２－５－10
集英社　スーパーダッシュ編集部気付

倉田英之先生

羽音たらく先生

R.O.D.　第五巻

READ OR DIE　YOMIKO READMAN "THE PAPER"

倉田英之
スタジオオルフェ

集英社スーパーダッシュ文庫

2001年12月30日　第１刷発行
2016年８月28日　第11刷発行

★定価はカバーに表示してあります

発行者　鈴木晴彦
発行所　株式会社　集英社
〒101-8050　東京都千代田区一ツ橋2-5-10
03(3239)5263(編集)
03(3230)6393(販売)・03(3230)6080(読者係)
印刷所　株式会社美松堂／中央精版印刷株式会社

ISBN978-4-08-630062-1 C0193

第一巻

大英図書館の特殊工作員・読子は本を愛する愛書狂。作家ねねねの危機を救う！

第二巻

影の支配者ジェントルメンはなぜか読子に否定的。世界最大の書店で事件が勃発！

第三巻

読子、ねねね、大英図書館の新人司書ウェンディ。一冊の本をめぐるオムニバス。

第四巻

ジェントルメンから読子へ指令が。"グーテンベルク・ペーパー"争奪戦開幕！

第五巻

中国・読仙社に英国女王が誘拐された。交換条件はグーテンベルク・ペーパー!?

第六巻

グーテンベルク・ペーパーが読仙社の手に。劣勢の読子らは中国へと乗り込む！

第七巻

ファン必読。読子のプライベートな姿を記した『紙福の日々』ほか外伝短編集！

第八巻

読仙社に囚われた読子の前に頭首「おばあちゃん」と親衛隊・五鎮姉妹が登場！

第九巻

読仙社に向け、ジェントルメンの反撃開始。一方読子は両者の和解を目指すが…。

第十巻

今回読子に届いた任務は超文系女子高への潜入。読子が女子高生に!?興奮の外伝！

第十一巻

"約束の地"でついにジェントルメンとチャイナが再会。そこに現れたのは……!?

第十二巻

ジェントルメンとチャイナの死闘が続く約束の地に、読子が到着。東西紙対決は最高潮に！

R.O.D
シリーズ
READ OR DIE
YOMIKO READMAN "THE PAPER"
倉田英之
スタジオオルフェ
イラスト／羽音たらく
大英図書館特殊工作部のエージェント
読子・リードマンの紙活劇《ペーパー・アクション》！
シリーズ完結に向けて再起動!!
D
スーパーダッシュ

ダッシュエックス文庫

紅 新装版

片山憲太郎
イラスト／山本ヤマト

紅 ～ギロチン～ 新装版

片山憲太郎
イラスト／山本ヤマト

紅 ～醜悪祭～ 新装版

片山憲太郎
イラスト／山本ヤマト

紅 ～歪空《ゆがみそら》の姫～

片山憲太郎
イラスト／山本ヤマト

揉め事処理屋を営む高校生・紅真九郎《くれないしんくろう》のもとに、財閥令嬢・九鳳院紫《くほういんむらさき》の護衛依頼が舞い込んだ。任務のため、共同生活を開始するが…!?

悪宇商会《あくうしょうかい》から勧誘を受けた紅真九郎。一度は応じたものの、少女の暗殺計画への参加を求められ破談にした真九郎に《斬島《きりしま》》の刃が迫る!!

揉め事処理屋の先輩・柔沢紅香《じゅうざわべにか》の死の報せが届いた。真相を探る紅真九郎の前に、紅香を殺したという少女・星嚙絶奈《ほしがみぜな》が現れるが…!?

崩月家《ほうづき》で正月を過ごす紅真九郎に、お見合い話が急浮上!? 裏十三家筆頭《歪空《ゆがみそら》》の一人娘との出会いは、紫にまで影響を及ぼして…!?

ダッシュエックス文庫

クロニクル・レギオン
軍団襲来
丈月 城
イラスト／BUNBUN

クロニクル・レギオン2
王子と獅子王
丈月 城
イラスト／BUNBUN

クロニクル・レギオン3
皇国の志士たち
丈月 城
イラスト／BUNBUN

クロニクル・レギオン4
英雄集結
丈月 城
イラスト／BUNBUN

皇女は少年と出会い、革命を決意した――。最強の武力「レギオン」を巡り幻想と歴史が交叉《クロス》する！　極大ファンタジー戦記、開幕！

維新同盟を撃退した征継《まさつぐ》たちに新たに立ちはだかる大英雄、リチャードI世。獅子心王の異名を持つ伝説の英国騎士王を前に征継は!?

特務騎士団「新撰組」副長征継VS黒王子エドワード、箱根で全面衝突！　一方の志緒理《しおり》は、歴史の表舞台に立つため大胆な賭けに出る!!

臨済高校のミスコンに皇女・志緒理、立夏《りっか》までが出場することになり!?　しかも征継不在の隙を衝いて現女皇・照姫の魔の手が迫る!!

ダッシュエックス文庫

クロニクル・レギオン5
騒乱の皇都
丈月 城
イラスト／BUNBUN

文句の付けようがないラブコメ
鈴木大輔
イラスト／肋兵器

文句の付けようがないラブコメ2
鈴木大輔
イラスト／肋兵器

文句の付けようがないラブコメ3
鈴木大輔
イラスト／肋兵器

皇女・照姫と災厄の英雄・平将門が束ねる、〝零式〟というレギオン。苦戦を強いられる新東海道軍だが、征継が新たなる力を解放し!?

〝千年生きる神〟神鳴沢《かなるざわ》セカイは幼い見た目の尊大な美少女。出会い頭に桐島《きりしま》ユウキが言い放った求婚宣言から2人の愛の喜劇《ラブコメ》が始まる。

神鳴沢セカイは死んだ。改変された世界で、ユウキはふたたび世界《セカイ》と歪《いびつ》な愛の喜劇《ラブコメ》を繰り返す。諦めない限り、何度でも、何度でも——。

今度こそ続くと思われた愛の喜劇《ラブコメ》にも、決断の刻がやってきた。愛の逃避行を選択した優樹と世界の運命は…？ 学園編、後篇開幕。

ダッシュエックス文庫

文句の付けようがないラブコメ4
鈴木大輔
イラスト／肋兵器

文句の付けようがないラブコメ5
鈴木大輔
イラスト／肋兵器

始まらない終末戦争《ラグナロク》と終わってる私《ウチ》らの青春活劇《ライブ》
王 雀孫
イラスト／えれっと

始まらない終末戦争《ラグナロク》と終わってる私《ウチ》らの青春活劇《ライブ》2
王 雀孫
イラスト／えれっと

またしても再構築。今度のユウキは九十九《つくも》機関の人間として神鳴沢セカイと接することに。大反響〝泣けるラブコメ〟シリーズ第4弾！

セカイの命は尽きかけ、ゆえに世界も終わろうとしている。運命の分岐点で、ユウキは新婚旅行という奇妙な答えを導き出すが――。

入学早々、厨二病言動をまき散らす新田菊華《にったきっか》に気に入られてしまった雁弥《かりや》。菊華から喜劇部へ入部し、脚本を書くように命じられて!?

喜劇部の脚本担当となった雁弥。生徒会に正式な部として認めてもらうため、三人の新入部員と顧問を確保することになるのだが…？